フィレンツェ、旧市街の象徴の一つ、ヴェッキオ宮殿。共和国時代の政庁舎。

上：ボッティチェルリ〈地獄の見取り図〉　下：ダンテのデスマスク
写真提供　ユニフォトプレス

インフェルノ 上

ダン・ブラウン
越前敏弥＝訳

角川文庫
19621

両親に

地獄の最も暗きところは、倫理の危機にあっても中立を標榜《ひょうぼう》する者たちのために
用意されている。

事実

この小説に登場する芸術作品、文学、科学、歴史に関する記述は、すべて現実のものである。

〝大機構〟は七つの国にオフィスを構える民間の組織である。安全とプライバシー保護の観点から、本作では名称を変更してある。

〝地獄《インフエルノ》〟とは、ダンテ・アリギエーリの叙事詩『神曲』に述べられた地下世界であり、『神曲』ではそこを、〝影〟――生と死の狭間《はざま》にとらわれた肉体なき魂――が集まる複雑な構造の世界として描いている。

《主な登場人物》

ロバート・ラングドン……………ハーヴァード大学教授　宗教象徴学専門
シエナ・ブルックス………………医師
エンリーコ・マルコーニ…………医師
総監………………………………大機構最高責任者
ヴァエンサ………………………大機構上級現地隊員
ローレンス・ノールトン…………大機構上級調整員
クリストフ・ブリューダー………監視《S》・対応《R》支援《S》チーム隊長
エリザベス・シンスキー…………WHO事務局長
ベルトラン・ゾブリスト…………生化学者
マルタ・アルヴァレス……………ヴェッキオ宮殿職員
イニャツィオ・ブゾーニ…………大聖堂《ドゥオーモ》付属美術館館長

プロローグ

わたしは影だ。

憂いの街を通って、わたしは逃れる。

永劫《えいごう》の呵責《かしやく》をくぐって、わたしは飛翔《ひしよう》する。

アルノ川の岸沿いに息を切らして走り……左に曲がってカステラーニ通りを北へ進み、ウフィツィ美術館の陰に身を隠す。

なおも追っ手は近づいてくる。

容赦のない追跡はやまず、足音がしだいに大きくなる。

何年も追われつづけてきた。あまりに執拗《しつよう》なため、わたしは地下へ追いやられたまま……煉獄《れんごく》に生きることを余儀なくされ……地底世界の怪物のごとく地の下であえいでいた。

わたしは影だ。

この地上でわたしは視線を北へ向けるが、救済へ向かう道を見つけることはできない……アペニン山脈が曙光《しょこう》を覆い隠しているせいだ。

狭間《はざま》胸壁を備えた塔と一本針の時計がある宮殿をあとにして……サン・フィレンツェ広場で、牛胃煮《ランプレドット》こみや炒《い》ったオリーブのにおいが漂うなか、しゃがれ声をあげる早朝の売り子たちのあいだをすり抜ける。バルジェッロ国立博物館の前を過ぎ、バディア・フィオレンティーナ教会の尖塔《せんとう》をめざして西へ突っ切ると、階段ののぼり口に鉄扉が立ち現れる。

いまはいっさいの躊躇《ちゅうちょ》を捨て去る必要がある。

わたしは取っ手をまわし、もどる道がないことを知りつつ通路に足を踏み入れる。鉛の脚を無理やり持ちあげて、せまい階段をのぼる……螺旋《らせん》状に空へ伸びるなだらかな大理石の踏み段は、くぼんですり減っている。

下から幾人もの声がこだまする。哀訴の響きがある。

背後からあきらめることなく迫ってくる。

あの者たちは理解していない。何が起ころうとしているのか……そして、わたしがどれだけのことをしてやったのかも。

忘恩の地よ！

階段をのぼるにつれ、絵図が鮮明になる……色欲多き肉体が炎の雨に打たれて悶《もだ》え苦しみ、大食の魂が糞便《ふんべん》のなかに浮かび、裏切りの罪を犯した悪人たちが悪魔の氷の手の内で凍えている。

最後の踏み段をあがって頂上に着き、ふらつきながら朝の湿った空気のなかへ出る。背丈ほどの高さの壁まで走り、隙間から外を見る。はるか眼下にあるのは、わたしを放逐した者たちからの逃れ場となった聖なる街だ。

すぐ背後まで迫った声が叫ぶ。「おまえのしたことは狂気の沙汰《さた》だ！」

狂気は狂気を生む。

「神の愛のために」大声でつづける。「隠し場所を教えろ！」

まさに神の愛のために、教えるわけにはいかない。

わたしは追いつめられて、冷たい石壁を背に立っている。追っ手がわたしの鮮やかな緑色の目をじっと見つめる。もはや言いくるめる気はなく、脅すような表情だ。「知ってのとおり、われわれにはわれわれの手立てがある。隠し場所を吐かせることもできる」

それがわかっているから、こちらは天国への道を半ばまでのぼってきた。

わたしはいきなり体の向きを変えて手を伸ばす。石壁のへりに指をかけて、体を引きあげ、両膝《りょうひざ》でにじりあがって……ぐらつきながら壁の上に立つ。親愛なるウェルギリウスよ、虚空を渡るわれの導き手となりたまえ。

追っ手は驚いた様子で前へ飛び出すが、脚をつかもうとしながらも、わたしのバランスを崩して落下させることを恐れている。焦りを隠し、またしても説得にかかるが、わたしはすでに背を向けている。おのれのなすべきことはわかっている。

足もとを見ると、めまいがするほど下に、田園を焼きつくす炎の海さながらに赤いタイル屋根がひろがって、美しき地を照らしている。かつてはそこを巨人たちが歩きまわっていた……ジョット、ドナテッロ、ブルネッレスキ、ミケランジェロ、ボッティチェルリ。

わたしは小刻みに端へ寄った。

「おりてこい！」追っ手が大声をあげる。「まだ遅くはない！」

おお、頑愚な者たちよ！　おまえたちに未来は見えないのか。わたしの作りあげたもののすばらしさが理解できないのか。あれが必要だとわからないのか。

ならば、わたしは喜んでこの身を究極の生け贄《い　にえ》にする……そうすることで、あれを見つけようとするおまえたちの最後の望みを絶とう。

探しても間に合うまい。

何百フィートか下で、丸石敷きの広場が静かなオアシスのごとく手招きしている。もっと時間があったら……だが、時間だけはわが莫大《ばくだい》な財をもってしても購《あがな》えない。最後のこの数秒のあいだに、わたしは眼下の広場を見おろし、驚愕《きょうがく》の光景を目にする。

きみの顔が見える。

きみは暗がりからこちらを見あげている。その目は悲しみをたたえているが、わたしがこれまでに成しとげたことへの敬意ものぞかせている。こうするしかないと、きみにはわかっている。人類への愛のため、わたしはわが渾身《こんしん》の作を守らなくてはならない。

それはいまも育ち……血で赤く染まった水の下で……沸き立ちながら待っている。その池では、水面《みなも》に映ることはない……星々が。

だからこそ、わたしはきみから目をあげて、地平線を見つめる。苦しみ多きこの世界の高みで、最後の祈願をする。

神よ、願わくは、わが名が唾棄《だき》すべき罪人《つみびと》ではなく、あなたが知るとおりの輝かしき救済者として、世の人々の記憶に刻まれんことを。願わくは、わたしが残す贈り物の意味を人類が理解せんことを。

わたしが贈るのは、未来だ。
わたしが贈るのは、救済だ。
わたしが贈るのは、地獄《インフエルノ》だ。
そして、わが祈りを唱え……わたしは最後の一歩を奈落《ならく》へと踏み出す。

1

記憶が徐々に形をとる……底なし井戸の闇から浮かびあがる泡のように。

ベールをかぶった女。

ロバート・ラングドンは川越しに女を見つめた。逆巻く流れは血で赤い。その女は対岸でこちらを向いて立っている。凛《りん》として身じろぎもせず、顔は覆いに隠れて見えない。手には帯状の青い弔い紐《タイニア》を持っていて、足もとにひろがる亡骸《なきがら》の海に向けてそれを掲げる。死のにおいがあたり一面に立ちこめている。

尋ねよ、と女がささやく。さらば見いださん、と。

ラングドンは、頭のなかで女が話したかのように感じた。「あなたはだれですか？」そう叫んだが、声は音にならない。

時が尽きていきます、と女がささやく。探して、見つけなさい。

ラングドンは川へ向けて一歩踏み出したが、流れる水は血の赤で、深くて渡れそうもない。ベールをかぶった女にふたたび目をやると、足もとの屍《しかばね》の数が大きく増えていた。その数はいまや何百、いや何千にもなり、中にはまだ生きている者もいて、苦痛にのたうちながら、想像を絶するありさまでそれぞれに死へと向かっている。焼きつくされる者、糞便に埋もれる者、互いをむさぼり食う者。苦悶《くもん》する人々の悲痛なうめき声がこちらの岸まで響いてくる。

女はラングドンのほうへ進み、助けを求めるかのように、か細い両手を差し出した。

「どなたですか!」ラングドンはもう一度大声で言った。

それに応《こた》えて、女は手をあげ、ゆっくりと顔からベールをのけた。驚くほどの美貌《びぼう》だが、ラングドンが想像したよりも年嵩《としかさ》らしく――おそらく六十代で、不朽の彫像のように気高く力強い。決然と引きしまった口もと、深い情感をたたえた瞳《ひとみ》、肩に垂れかかる銀白色の長い巻き毛。首には青金石《ラピスラズリ》の魔よけのネックレスがかかっている――杖《つえ》に一匹の蛇が巻きついたものだ。

この人を知っている……そして信頼している、とラングドンは直感した。だが、どんなふうに? なぜ?

女は、地中から逆さに突き出てもがく二本の脚を指さした。どうやら、頭を下にして腰まで埋められた哀れな男のものらしい。その青白い腿《もも》に、ひとつの文字が泥で書いてある――Rだ。

R? ラングドンはぼんやりと考えた。まさか……ロバートのRか? 「それは……

……わたしですか」

女の顔からは何も読みとれなかった。探して、見つけなさい、と女は繰り返した。なんの前ぶれもなく、女は白い光を放ちはじめた。光はしだいに輝きを増していく。体全体が激しく震えだし、やがて雷鳴とともに、無数の光のかけらとなって飛び散った。

ラングドンは叫び声をあげ、はっと目を覚ました。

そこは明るい部屋だった。だれもいない。薬用アルコールの刺激臭が漂い、どこかにある機械が心拍に合わせて単調な電子音を静かに鳴らしている。ラングドンは右腕を動かそうとしたが、鋭い痛みで体がこわばった。視線をさげると、点滴の管が前腕の皮膚を引っ張っているのが見えた。

鼓動が速くなり、機械の電子音もそれに合わせて急調子になった。

ここはどこだ。何があった？

後頭部がうずき、痛みがおさまらない。自由なほうの手をおそるおそる伸ばして頭皮をさわり、痛みの源を突き止めようとした。乱れた髪の下に、硬く盛りあがった十針ほどの縫い跡があり、乾いた血らしきものがこびりついている。

目を閉じて、事故の記憶を探った。

何もない。完全に抜け落ちている。

考えろ。

闇があるだけだ。

心電図モニターの音が速まったのに気づいたらしく、手術着姿の男が急いで部屋にはいってきた。乱れた顎《あご》ひげと灰色の濃い口ひげがあり、伸び放題の眉《まゆ》の下から、やさしそうな目が穏やかで思慮深い光を放っている。

「何が……あったんです」ラングドンはなんとかことばを発した。「事故に遭ったんですか」

ひげの男は唇に指を一本あてたのち、あわただしく部屋を出て、廊下の先にいるだれかを呼んだ。

ラングドンは頭を動かしたが、その拍子に激痛が頭蓋《ずがい》を貫いた。深呼吸をして痛みをやり過ごす。それからつとめてゆっくりと、殺風景な周囲を順々に見ていった。

病室にあるのは、ひとり用のベッドが一床だけだ。見舞いの花もカードもない。そばのカウンターに、たたんで透明なビニール袋に入れられた自分の服が置いてある。

血まみれだ。

なんてことだ。よほどひどい事故だったにちがいない。

ラングドンはベッド脇の窓のほうへそろそろと首をめぐらせた。外は暗い。夜だ。窓ガラスに映るのは自分の姿だけ――医療機器に囲まれ、いくつもの管や線につながれた、疲れて生気のない蒼白《そうはく》な顔をした見知らぬ男だ。

いくつかの声が廊下を近づいてきて、ラングドンは室内へ目をもどした。先ほどの医師が、こんどは女をひとり連れて、ふたたび姿を現した。

見たところ、女は三十代の前半だった。青い手術着姿で、金髪を後ろでポニーテールにまとめていて、歩くたびに太い髪の束が揺れる。

「ドクター・シエナ・ブルックスです」女が微笑みながらはいってきた。「きょうはドクター・マルコーニとふたりで担当しますね」

ラングドンは弱々しくうなずいた。

ブルックス医師はすらりと背が高く、運動選手並みに颯爽《さつそう》とした足どりで歩いた。冴《さ》えない手術着を身につけていても、しなやかで優雅に見える。化粧っ気はないが、驚くほど肌がなめらかで、わずかな粗と言えるのは、唇のすぐ上にある小さなほくろぐらいのものだ。茶色の瞳は穏やかながら射るように鋭く、年齢に似合わぬ経験を重ねてその奥底まで見てきたかのようだった。

「ドクター・マルコーニはあまり英語を話せないもので」ラングドンのそばに腰をお

ろしながら言った。「入院書類の記入を手伝うよう頼まれたんです」また笑顔を向ける。

「ありがとう」ラングドンはかすれた声で言った。

「では」ブルックス医師は事務的な口調ではじめた。「お名前を教えてください」

答えるのに少し時間がかかった。「ロバート……ラングドン」

ブルックス医師はラングドンの目をペンライトで照らした。「ご職業は？」

返事が浮かぶまでにいっそう時間がかかった。「大学教授です。美術史……それに象徴学。ハーヴァードの」

ブルックス医師は驚いた顔でライトをさげた。眉の濃い医師もやはり驚いている様子だ。

「あなたは……アメリカ人？」

ラングドンはとまどいの視線を返した。

「いえ、つまり……」ブルックス医師が口ごもる。「今夜ここに来られたとき、身元のわかるものをお持ちではなかったもので。ハリス・ツイードのジャケットとサマセットのローファーを身につけていらっしゃったから、イギリスのかただと思ったんです」

「アメリカ人です」ラングドンは明言したが、仕立てのよい服が好きなだけだと説く気力まではなかった。

「痛みますか」

「ええ、頭が」ラングドンは答えた。まばゆいペンライトのせいで、ずきずきする頭の痛みはひどくなる一方だった。ありがたいことに、ブルックス医師はライトをポケットにしまい、ラングドンの手首を持って脈を調べた。

「目を覚ましたとき、大きな声をあげていましたね。理由を覚えていますか」

ベールの女が悶《もだ》え苦しむ亡者たちに囲まれて立つ異様な光景が、ラングドンの脳裏によみがえった。尋ねよ、さらば見いださん。「悪い夢を見ていました」

「どんな夢?」

ラングドンは説明した。

ブルックス医師はこれどいった表情を浮かべないまま、クリップボードに書き留めた。「何がきっかけでそんな恐ろしい光景を見たのか、心あたりはありますか」

ラングドンは記憶を探り、それからかぶりを振った。頭が抗議するかのようにうずいた。

「わかりました、ミスター・ラングドン」ブルックス医師は書く手を止めずに言った。

「いくつか型どおりの質問をします。きょうは何曜日ですか」

ラングドンはちょっと考えた。「土曜日です。きょう、キャンパスを歩いていたのを覚えています……午後の講義へ向かうところで、そのあと……最後の記憶はそんなところですね。どこかから転落したんでしょうか」

「その話はのちほど。ここがどこだかわかりますか」

ラングドンはいちばんありそうな答を告げた。「マサチューセッツ州総合病院ですか」

ブルックス医師がまた書き留めた。「どなたか連絡したい人はいますか。奥さんやお子さんは?」

「いません」ラングドンは反射的に答えた。独身生活を選び、ひとり身の気ままな暮らしをずっと楽しんできたが、さすがにこの状況では、見慣れた顔がそばにあればよいのにと認めざるをえない。「連絡できる同僚が何人かいますが、ひとりでだいじょうぶです」

ブルックス医師が記入を終えると、さっきの年長の医師が近寄ってきた。濃い眉毛をなでつけながら、ポケットから小型のボイスレコーダーを取り出し、ブルックス医師に見せる。彼女は了解のしるしにうなずき、また患者のほうを向いて言った。

「ミスター・ラングドン、今夜ここに来たとき、あなたは何度も繰り返しつぶやいていたんですよ」ブルックス医師の目配せを受け、マルコーニ医師がデジタルレコーダーを掲げてボタンを押した。

録音音声が再生をはじめ、ラングドンは自分のろれつのまわらない声が同じことばを繰り返しささやくのを聞いた。「ヴェ……ソーリー。ヴェ……ソーリー」

「こう言っているように聞こえますね」ブルックス医師が言う。「〝ほんとうにすまな《ヴェリー・ソーリ》い《ー》。ほんとうにすまない《ヴェリー・ソーリー》〟と」

ラングドンは同意したが、やはり記憶はまったくなかった。

ブルックス医師はラングドンが落ち着かなくなるほど真剣なまなざしを据えた。

「なぜそう言ったのか、心あたりはありますか。何か謝罪することでも？」

記憶の奥の暗がりを探ると、またもやベールの女の姿が浮かんだ。亡骸《なきがら》に囲まれ、血染めの赤い川のほとりに立っている。死のにおいがよみがえった。

ラングドンは急に本能的な危機感に呑《の》みこまれた……自分だけではなく……みんなに危険が迫っている。心電図モニターの音が急激に速くなった。筋肉がこわばり、ラングドンは起きあがろうとした。

ブルックス医師はすばやくラングドンの胸骨を押さえつけ、ふたたび寝かせた。それからマルコーニ医師にちらりと視線を送ると、ひげの医師はベッド脇のカウンターへ歩み寄り、何やら準備しはじめた。

ブルックス医師はラングドンをのぞきこむようにしてささやいた。「ミスター・ラングドン、脳に外傷を受けるとよく不安に襲われるものですが、いまは脈を落ち着かせる必要があります。動いてはだめ。興奮するのもだめ。おとなしく横になって休んでいてください。だいじょうぶですよ。記憶は徐々にもどりますから」

ひげの医師が注射器状のものを持ってもどった。手渡されたブルックス医師は点滴装置に中身を注入した。

「これは弱い鎮静剤で、神経を静めて」ブルックス医師は説明した。「痛みも和らげます」立ち去ろうと身を起こす。「よくなりますよ、ミスター・ラングドン。とにかく眠ることとです。用があったら、ベッド脇のボタンを押してください」

ブルックス医師は明かりを消し、ひげの医師とともに出ていった。

暗闇のなかで、ラングドンはまたたく間に薬が体の隅々へ流れていくのを感じた。さっき自分が出てきたあの深い井戸へ体が引きもどされる気がする。それに抗《あらが》い、暗い病室で必死に目をあけつづけた。起きあがろうとしたが、体がまるでコンクリートのようだ。

身じろぎして、気づくとまた体が窓のほうを向いていた。明かりが消えたいま、黒いガラスに映っていた自分の姿は消え去り、かわって遠くの空に建物が浮かびあがって見える。

尖塔《せんとう》やドームがいくつも集まってひとつの輪郭をなすなかで、ある建物の壮麗なファサードがひときわ大きく視界を占めている。上部に凹凸のある胸墻《きょうしょう》と三百フィートの塔を備えた、堂々たる石造りの要塞《ようさい》。塔の頂上付近はふくらんで外側へ張り出し、石落としのある巨大な狭間《はざま》胸壁になっている。

ラングドンがはじかれたように上体を起こすと、頭のなかで痛みが爆発した。焼けつくうずきを抑えこみ、塔に視線を定めた。

ラングドンはその中世の建物をよく知っていた。

それは世界にひとつしかない。

しかも困ったことに、それはマサチューセッツから四千マイル離れたところにある。

その窓の外で、トレガッリ通りの暗がりに隠れて、筋肉質の女がBMWのオートバイから軽々とおり立ち、獲物に忍び寄るヒョウさながらに気を張りつめて前へ進んだ。目つきは鋭い。短く刈った髪が――立たせて先をとがらせたスパイクヘアだが――黒いレザーのライディングスーツの立て襟に映える。サイレンサーつきの銃を確認し、明かりが消えたばかりのロバート・ラングドンの病室の窓を見あげた。

今夜、本来の任務は大失敗に終わった。

一羽の鳩の鳴き声がすべてを変えてしまった。

ここへ来たのは、それを正すためだ。

2

ここはフィレンツェなのか？

頭がうずく。ロバート・ラングドンは病院のベッドで上体を起こし、呼び出しボタンに何度も指を押しこんだ。鎮静剤を投与されたにもかかわらず、鼓動が速いままだ。

ブルックス医師がポニーテールを揺らしながら急いでもどってきた。「だいじょうぶですか」

ラングドンは当惑して首を左右に振った。「ここは……イタリア？」

「よかった。思い出したんですね」

「ちがう！」ラングドンは窓の外に遠く見える堂々たる建物を指さした。「あれはどう見てもヴェッキオ宮殿じゃないか」

ブルックス医師がまた明かりをつけると、フィレンツェの街の輪郭が消えた。ベッドのそばまで歩み寄り、静かに声をかける。「ミスター・ラングドン、心配は要りませんよ。軽い記憶喪失の症状が出ていますけど、脳の機能は正常だとドクター・マルコーニが言っています」

呼び出しボタンの音を聞いたらしく、ひげの医師も駆けつけた。そして、心電図モニターをたしかめているところに、ブルックス医師が流暢《りゅうちょう》なイタリア語で口早に話しかけた——イタリアにいると知ってラングドンがいかに〝アジタート〟だったかを伝えたらしい。

動揺《アジテイト》だって？　ラングドンは腹を立てながら思った。大混乱と呼ぶべきだ！　アドレナリンが体内を駆けめぐり、鎮静剤と戦いを繰りひろげている。「いったい何があった？」ラングドンは迫った。「きょうは何曜日なんだ」

「何も問題はありませんよ」ブルックス医師は言った。「月曜日の未明、三月十八日です」

月曜日。ラングドンはうずく頭で記憶を懸命に巻きもどし、思い出せる最後の光景を探った。寒くて暗いなか——土曜の夜の連続講義へ向かおうと、ハーヴァード大学のキャンパスをひとりで歩いている。あれは二日前のことなのか？　さらに激しいパニックに襲われながら、ラングドンは講義やその後の出来事を思い出そうとした。何も浮かばない。心電図モニターの電子音が速まった。

年長の医師は顎《あご》ひげを掻《か》きながら機器の調整をつづけ、ブルックス医師はまたラングドンのかたわらに腰をおろした。

「よくなりますよ」やさしく請け合う。「こちらの診断では、あなたは逆行性健忘で、頭部外傷にはよくある症状です。この数日の記憶がぼんやりしたり、失われたりしていても、永久に残る後遺症はまずありません」いったんことばを切る。「わたしのファーストネームを覚えていますか。さっき来たときに名乗ったんですが」

ラングドンは少し考えた。「シエナ」ドクター・シエナ・ブルックスだ。

彼女は微笑んだ。「ほらね。新しい記憶がすでに形成されているのよ」

頭痛は耐えがたいほどになっていて、近くの視界がずっとぼやけている。「何が……あったんですか。どういういきさつでここに？」

「安静にしていて。そうすれば――」

「どういういきさつでここに来たんだ！」ラングドンは問いつめた。心電図モニターの動きがさらに速くなる。

「わかりました。とにかく、気を楽にしてください」ブルックス医師は同僚と不安げな視線を交わした。「お話ししますから」口調が明らかに深刻さを増している。「ミスター・ラングドン、あなたは三時間前に当院の救急外来にいらっしゃいました。ふらついていて、頭の傷から出血があり、その場で倒れたんです。あなたがだれなのか、どうやってここへ来たのか、だれにもわからなかった。英語で何かつぶやいていたんで、ドクター・マルコーニがわたしを応援に呼んだんです。わたしは長期有給休暇でイギリスからこちらに来ていたものですから」

ラングドンからすると、目覚めたらマックス・エルンストのシュールレアリスムの絵のなかにいたような気分だった。いったいイタリアで何をしているんだ？　ふだんは隔年六月に美術関係の会議のためにこの地へ来るが、いまは三月だ。

鎮静剤の威力がますます強まり、ラングドンは地球の重力が秒刻みに大きくなって、自分をマットレスに引き倒そうとしているかのように感じた。それに抗い、頭を高くあげて、緊張を保とうとつとめる。

ブルックス医師が天使のごとく軽やかにラングドンの上に身を乗り出した。「いいですか、ミスター・ラングドン」小声で言う。「頭部の外傷の場合、最初の二十四時間は注意が必要です。安静にしてください。さもないと重い障害が残る恐れがあります」

突然、病室のインターコムから耳障りな声が響いた。「ドクター・マルコーニ？」

ひげの医師が壁のボタンにふれて答えた。「なんだね《スィ》」

インターコムの声が早口のイタリア語で何かを告げた。なんと言ったのかラングドンには聞きとれなかったが、ふたりの医師が驚きの視線を交わしたのは見てとれた。いや、警戒の視線だろうか。

「すぐ行く《モメント》」マルコーニ医師が答えて会話を終わらせた。

「どうしたんです」ラングドンは尋ねた。

ブルックス医師の目つきがわずかに険しくなる。「集中治療室《ICU》の受付からです。あなたを訪ねてきた人がいるらしい」

一縷《いちる》の望みがラングドンの朦朧《もうろう》とした頭に浮かんだ。「それはよかった！　その人が事のいきさつを知っているかもしれない」

ブルックス医師は釈然としない様子だった。「だれかが訪ねてくるなんて、ずいぶん変な話ね。あなたの名前がわからなかったから、まだ登録さえしていないのに」

ラングドンは鎮静剤と格闘しながら、ベッドの上で苦労して上体を起こした。「ここにいることを知っている人なら、何があったのかも知っているはずだ！」

ブルックス医師に視線を向けられたマルコーニ医師は、即座にかぶりを振って腕時計を叩《たた》いた。ブルックス医師はラングドンに向きなおって説明した。

「ここはICUです。午前九時になるまでは、だれも立ち入りができません。すぐにドクター・マルコーニが行って、面会者がだれか確認したうえで要望を訊《き》いてきます」

「わたしの要望はどうなるんだ」ラングドンは切り返した。

ブルックス医師は辛抱強く微笑み、体を寄せて声を落とした。「ミスター・ラングドン、ゆうべの件でまだお話ししていないことがあるんです……あなたの身に起こったことで。だれかと話をなさる前に、すべての事実を知っておいたほうがいいでしょう。あいにく、あなたの体はまだそこまで回復――」

「どんな事実なんだ！」ラングドンは叫び、さらに高く身を起こそうともがいた。点滴の管に引かれて腕が痛み、全身が何百ポンドもの重さに感じられる。「わかっているのは、いまフィレンツェの病院にいることと、着いたときに〝ほんとうにすまない〟と繰り返していたことだけで……」

恐ろしい考えが頭に浮かんだ。

「ひょっとして車で事故を起こしたのでは？」ラングドンは尋ねた。「だれかに怪我をさせたんですか！」

「いいえ」ブルックス医師は言った。「そんなことはありません」

「じゃあ、いったい何が？」ラングドンはふたりの医師へ怒りの目を向けて迫った。「何が起こってるのか、自分には知る権利がある！」

長い沈黙ののち、ついにマルコーニ医師が若く美しい同僚に向かってしぶしぶうなずいた。ブルックス医師は大きく息を吐き、さらにベッドのそばへ寄った。「わかりました、知っていることをお話しします……だから落ち着いて聞いてくださいね。いいですか」

ラングドンはうなずいたが、頭を動かしたせいで激痛が頭蓋骨《ずがいこつ》を貫いた。痛みにはかまわず、答を待ち受ける。

「まず……あなたの頭の傷は事故によるものではありません」

「そうか、それはよかった」

「そうとも言えなくて。実は、その傷は銃弾によるものです」

心電図モニターの電子音が速まった。「なんだって！」

ブルックス医師は冷静に、だが口早に語った。「銃弾が頭頂部をかすめ、脳震盪《のうしんとう》を引き起こしたものと考えられます。助かったのは大変な幸運ですよ。一インチ下へずれていたら……」首を小さく左右に振る。

ラングドンは信じられない思いでブルックス医師を見つめた。撃たれたって？

廊下でいきなり怒声があがり、言い合いがはじまった。ラングドンを訪ねてきた人物は、待つつもりがないらしい。しばらくして、はるか先で重いドアが勢いよく開く音が聞こえた。見ていると、廊下をこちらへ近づいてくる人影が目にはいった。

全身を黒いレザーに包んだ女だった。引きしまった強靭《きょうじん》な体つきで、黒っぽい髪を短く切ってスパイクヘアにしている。床に足がふれていないかのような軽やかな歩みで、ラングドンの病室へ一直線に向かってきた。

訪問者の行く手を阻もうと、マルコーニ医師が開いた戸口へためらいなく進み出た。

「止まれ《フェルマ》！」警官のように手のひらを突き出して制止する。

闖入者《ちんにゅうしゃ》は歩調を乱すことなく、サイレンサーつきの拳銃《けんじゅう》を取り出した。そして、マルコーニ医師の胸にまっすぐ狙いを定めて撃った。

くぐもった断続音が響く。

マルコーニ医師が後ろへよろけて、胸をつかみながら病室の床にくずおれ、白い服が血に染まっていくのを、ラングドンは恐怖のうちに見守った。

3

イタリアの五マイル沖合では、アドリア海の波が穏やかにうねり、そこから立ちのぼる夜明け前の霧のなかを、全長二百三十七フィートの豪華クルーザー〈メンダキウム〉が進んでいた。探知されにくい形状の船体は暗灰色の塗装が施されていて、軍艦さながらのたやすくは近寄りがたい雰囲気を漂わせている。

かつてこの船には三億米ドル超の値札がつけられ、ひととおりの娯楽設備がそろっていた。スパ、プール、映画館、個人用潜水艇、ヘリポート。だが、そうしたお楽しみはいまの船主にとってなんの意味もなかった。五年前にこれを引き渡されたとき、船主はすぐさまそれらの大半を取り去り、代わりに鉛の内張りをした軍用級の電子司令部を設置した。

三本の専用衛星回線と地上の無数の中継局につながる〈メンダキウム〉の管制室には、二十名ほどの人員がいて──技術者、分析員、作戦調整員などだが──その全員が船の上で生活し、組織が陸上に設けたさまざまな作戦拠点と絶えず連絡をとっている。

船の安全のためには、軍で訓練を受けた兵士の小部隊を擁し、ミサイル探知システム二基を搭載しているほか、入手可能な数々の最新兵器を備えている。その他の後方勤務――炊事、清掃、修理――に就く要員を加えると、乗務員の総数は四十を超える。〈メンダキウム〉は移動可能なオフィスビルも同然であり、船主はここでみずからの帝国を統べている。

船主は配下の者たちから、〝総監〟として知られている。日焼けした肌と深くくぼんだ目を持つ小男だ。恵まれているとは言いがたい体格とためらいのない態度は、社会の暗い片隅で内密のサービスを供して莫大《ばくだい》な富を築いた男になんとも似つかわしい。

これまで、人からはさまざまに称されてきた――心なき傭兵《ようへい》、罪の幇助者《ほうじょしゃ》、悪魔の手先。だが、そのどれでもなかった。自分としては、野心や欲求を実現するための機会を、依頼人から求められるままに提供したにすぎない。人間が罪深い生き物だというのは、また別の話だ。

倫理の面から異議を唱える誹謗《ひぼう》者たちがいようと、総監の道徳指針は恒星のごとく揺るぎなかった。総監はつぎのふたつの鉄則に従い、自分自身の評判を――そして〝大機構〟そのものを――築きあげた。

守れない約束はしない。

依頼人に嘘をつかない。

いかなるときも。

仕事を請け負うなかで、約束をたがえたことも、取り決めにそむいたことも一度もなかった。総監のことばは金鉄の誓い――つまり、絶対の保証――に等しく、むろん契約したことをみずから後悔した案件もあったが、手を引くという選択はなかった。けさ、総監は執務室の専用バルコニーに出て、波立つ海を見渡しながら、腹にわだかまる不安を払いのけようとしていた。

過去の決断こそが、現在のわれわれの設計者だ。

これまでいくつもの決断を重ねたすえに総監は現在の地位に就き、どんな地雷原も渡りきって、つねに勝利をおさめてきた。しかしきょう、窓の外に目をやって、遠くイタリア本土で輝く光を見つめながら、珍しく緊張していた。

一年前、まさにこの船の上で総監はある決断をくだし、いまやそのせいで、これまでに築きあげたすべてがふいになろうとしていた。まちがった相手に力を貸すことを引き受けてしまった。当時は知る由もなかったが、ここに至ってその誤算が予期せぬ難題を一挙に引き起こし、選《え》りすぐりの部下数名を現地に送りこまざるをえなくなった。傾きかけたこの船が転覆するのを、〝万策を用いて〟食い止めるよう指示したうえで。

いまこの瞬間、総監はある現地隊員からの連絡を待っていた。

ヴァエンサ。引きしまった体をしたスパイクヘアのスペシャリストの姿が目に浮かんだ。今回の任務までは申し分のない働きぶりだったが、ゆうべ失策を犯し、それがゆゆしき事態を招いた。この六時間は大混乱が訪れ、事態を収拾するために懸命の試みがおこなわれている。

失敗したのはただ運が悪かったからだ、とヴァエンサは主張した――間の悪い鳩の鳴き声のせいだ、と。

けれども、総監は運を信じなかった。いかなるときも、不測を排し、偶然を回避すべく取りはからった。徹底した管理こそが総監の身上だ――あらゆる可能性を予測し、あらゆる反応を見越しながら、望む結果に合わせて現実を形作る。機密を守りつつ任務を達成することにかけて、非の打ちどころのない実績をあげ、その結果、驚くほど大物の顧客がついていた――億万長者、政治家、王族《シャイフ》、さらには一国の政府までもが。

東の空にいつしか曙《あけぼの》のほのかな光が差し、水平線に低くまたたく星々を呑《の》みこみはじめている。総監は甲板に立ち、計画どおり任務が完了したとヴァエンサから連絡が来るのを、根気強く待っていた。

4

その瞬間、ラングドンは時が止まったかのように感じた。

マルコーニ医師が胸から血をほとばしらせて、身動きもせず床に倒れている。ラングドンは体内の鎮静剤と格闘しながら、目をあげてスパイクヘアの暗殺者を見た。相手はなおも足早に廊下を進み、あけ放たれたこちらのドアまで残り数ヤードのところに迫っている。戸口の近くまで来ると、女はラングドンを見据えてすばやく銃を構え……顔に狙いを定めた。

死ぬのか、とラングドンは思った。いまここで。

耳をつんざく音がせまい病室にとどろいた。

ラングドンはびくりとした。撃たれたと確信したが、音は襲撃者の銃が発したものではなかった。それはブルックス医師が体あたりして金属の重いドアを閉めた音で、つづけてドアの錠もおろしていた。

ブルックス医師は恐怖に目を見開いてさっと身をひるがえし、血まみれの同僚のかたわらにしゃがんで脈を診た。マルコーニ医師が咳《せ》きこんで血を吐き、それが頬をしたたり落ちて濃い顎《あご》ひげを伝っていく。そして、その体から力が抜けた。

「エンリーコ、だめよ《ノ》！　お願い《ティ・プレーゴ》！」ブルックス医師は叫んだ。

部屋の外で、銃弾がつづけざまに金属のドアを激しく叩《たた》いた。けたたましい警報音が廊下に響き渡る。

恐慌と本能が鎮静剤の力を吹き飛ばしたのか、ラングドンの体がなんとか動くようになった。ぎこちない動きでベッドからおりると、灼熱《しやくねつ》の痛みが右の前腕に走った。一瞬、銃弾がドアを貫通して自分にあたったのかと思ったが、見てみると、腕の点滴カテーテルが折れたのがわかった。前腕が裂けてプラスチックのカテーテルが突き出し、生あたたかい血が逆流して先からしたたっている。

ラングドンはすっかり目覚めた。

ブルックス医師はマルコーニのそばにかがみこみ、目に涙をためて脈を調べている。やがて、体のなかのスイッチが切り替わりでもしたかのように、立ちあがってラングドンのほうを向いた。そこではっきりと表情が変わる。危機に対処する熟練の救命医らしい沈着さが表れ、若々しい顔が険しくなった。

「ついてきて」ブルックス医師は指示した。

それからラングドンの腕をとって、部屋の反対側へ引っ張っていく。廊下の銃撃と混乱がおさまらないなかを、ラングドンはもつれる足でよろめきながら前進した。頭は冴《さ》えているのに、薬のまわった体はのろのろとしか反応できない。動け！　タイルの床が足の裏に冷たく、着ている薄っぺらな病衣は、六フィートの長身を包むにはとうてい丈が足りない。血が前腕を伝い落ち、手のひらにたまっていくのがわかった。

銃弾が重いドアノブをなおも叩きつづけている。ブルックス医師はせまいバスルームにラングドンを手荒に押しこんだ。自分もつづこうとしたところで足を止めて向きを変え、カウンターへ駆けもどって血まみれのハリス・ツイードをつかんだ。

そんなジャケットなんか、どうでもいい！

ブルックス医師はジャケットを握ってもどり、バスルームのドアにすばやく錠をおろした。まさにそのとき、病室の廊下側のドアが大きな音を立てて開いた。

先導したのは、若いブルックス医師だった。せまいバスルームを突っ切ってもうひとつのドアの前へ行き、勢いよく引きあけて、ラングドンを隣の回復室へ通した。背後で銃声が響いていたが、ブルックス医師は顔を突き出してすばやくラングドンの腕をとり、廊下を横切って階段の吹き抜けに出た。急に動いたせいで、ラングドンはめまいを覚えた。いつ意識を失ってもおかしくない気がした。

それからの十五秒はぼやけていた。階段をおり……つまずき……転び……。頭の痛みはもはや耐えがたいほどだ。視界がいっそうかすみ、体はだるく、ひとつひとつの反応が遅れるように感じられた。

そのうちに空気が冷たくなった。

外へ出たのか。

ブルックス医師に急《せ》き立てられ、ラングドンは病院から離れて薄暗い路地を進んだが、途中で何かとがったものを踏みつけて転び、路面に体をしたたかにぶつけた。ブルックス医師は鎮静剤を打ったことを声高に呪いながら、苦心してラングドンを立たせた。

路地の突きあたりに近づいたとき、またしてもラングドンが転んだ。ブルックス医師はこんどはそのままそこを離れ、走って大通りへ出て、遠方のだれかに叫んだ。ラングドンの目は、病院の前に停まっているタクシーのおぼろげに光る緑色の表示灯をとらえた。運転手が眠っているにちがいなく、タクシーは動きださなかった。ブルックス医師が声を張りあげて、両腕を激しく振る。ついにヘッドライトがともり、車がのろのろと向かってきた。

路地にいるラングドンの後方で、いきなりドアが開いた。つづいて、急速に近づいてくる足音が聞こえる。振り返ると、黒い人影が跳ねるように迫るのが見えた。ラングドンは立ちあがろうとしたが、いち早くブルックス医師に腕をつかまれ、アイドリング中のフィアットの後部座席へ押しこまれた。座席と床にまたがるように乗りこむや、その上に重なってブルックス医師も飛びこみ、ドアを強く引いて閉めた。

眠そうな目をした運転手が振り向き、たったいま車内に転がりこんだ奇妙なふたり組を凝視した——手術着姿のポニーテールの若い女と、背中の割れた病衣姿で腕から血を流している男。運転手はすぐおりてくれといまにも言いかけていたが、そのときサイドミラーが砕け散った。黒いレザースーツの女が銃を構えて路地から走り出てくる。その銃がまたくぐもった音を発すると同時に、ブルックス医師がラングドンの頭をつかんで伏せさせた。リアウィンドウが割れ、ガラスが降り注ぐ。

もはや運転手を急かす必要はない。運転手は勢いよくアクセルを踏み、タクシーは急発進した。

ラングドンは意識のふちで揺らいでいた。何者かが自分を殺そうとしているのか？

タクシーが角を曲がると、ブルックス医師は身を起こし、ラングドンの血まみれの腕を握った。腕にあいた穴からカテーテルが醜く突き出している。

「窓の外を見て」ブルックス医師は言った。

ラングドンはそのとおりにした。外の闇のなかを影のように墓石が流れ去っていく。

墓地を通り抜けていることがなぜか似つかわしく思えた。ラングドンは女の医師の指がそっとカテーテルを探るのを感じていたが、やがてなんの警告もなくカテーテルがねじり抜かれた。

焼けつく痛みが稲妻となってラングドンの頭に襲いかかった。自分が白目をむくのがわかり、それからすべてが真っ暗になった。

5

けたたましく電話が鳴ったので、総監は心を和ませるアドリア海の霧から目をそらし、すばやく専用執務室へもどった。

ようやく来たか、と総監は考えた。早く知りたくてたまらない。

机上のコンピューターの画面が明滅して息を吹き返し、着信がスウェーデン製のセクトラ・タイガーXSからだと告げた。それは音声暗号化機能がついた通信端末で、この船につながるまでに、追跡不能な中継器を四台経由している。

総監はヘッドセットを装着した。「わたしだ」ゆっくりと慎重に答える。「話せ」

「ヴァエンサです」電話の向こうの声が言った。

総監は女の口調にいつにない緊張の響きを感じとった。現地隊員が総監と直接話すのは稀《まれ》であり、ましてゆうべのような大失態を演じながら雇われつづけるのは異例のことだ。とはいえ、現地に人員をひとり置いて事態の解決を図るよう命じたのは総監自身であり、その任にはヴァエンサが最適役だった。

「続報があります」ヴァエンサが言った。

総監は無言だった。つづけろという合図だ。

ヴァエンサが話しはじめたとき、その声には感情がなく、プロフェッショナルに徹しようとつとめているのは明らかだった。「ラングドンが逃げました。例の品を持って」

総監は机の前に腰をおろし、かなり長いあいだ黙していた。「わかった」ようやく言う。「おそらく、ラングドンは早急に当局と連絡をとろうとするはずだ」

総監の執務室から二層下のデッキに保安管理センターがあり、そこで専用の個室にいた上級調整員のローレンス・ノールトンは、総監の暗号通信が終わったのに気づいた。吉報ならよいが、と思った。この二日間、総監が神経をとがらせているのは明らかで、何か大きな賭《か》けを打つ作戦が進行中だと全乗組員が察している。

途方もなく大きな賭けで、こんどはヴァエンサに失敗は許されまい。

ふだんのノールトンは、注意深く練られた戦略に則《のっと》って指示を出すクォーターバック役をつとめるのだが、この件にかぎってはシナリオが細かく分けられて混沌《こんとん》とし、総監がじきじきに指揮をとっていた。

まさに海図のない領域だ。

目下、大機構は世界各地で半ダースの作戦を展開中だが、どれも現地の支局が担当し、〈メンダキウム〉にいる総監と乗組員はこの案件に専念している。

依頼人は数日前にフィレンツェで投身自殺したのだが、託された計画表のなかにはいくつもの未達成の仕事が――いかなる状況でも実行するよう委任された特別な任務が――残っており、大機構としては通常どおり、疑問をはさむことなくそれらを完遂する予定だった。

自分には従うべき命令がある、とノールトンは心のなかで言った。それを実行するまでだ。防音ガラスの個室から出て、半ダースに及ぶほかの個室の前を通り過ぎた。透明な個室と不透明な個室があり、それぞれのなかで各担当者がこの同じ任務に別の角度から取り組んでいる。

ノールトンは技術者たちに会釈をしながら、中央管制室の調整された薄い空気のなかを進み、十ほどの金庫があるせまい保管室へはいった。金庫のひとつをあけて、中のものを取り出す——深紅のメモリースティックだ。添えられていた作業カードによると、メモリースティックに保存されているのは長大な動画ファイルで、明朝、定められた時刻に主要な報道機関の支局に向けてアップロードするよう、すでに依頼人が指示していた。

あす匿名でアップロードをおこなうこと自体は簡単だが、デジタルファイル全般に関する規則があり、それに従うと、このファイルにはきょう——転送の二十四時間前に——目を通さなくてはいけない。正確な時刻にファイルをアップロードする前に、大機構は復号化やコンパイルなどの必要な準備をおこなわなければならず、その時間を確保するためだ。

何ひとつ成り行きにまかせてはならない。

ノールトンは自分の透明な個室へもどり、重いガラスのドアを閉めて外界をさえぎった。

壁のスイッチをはじくと、個室の壁が瞬時にして不透明に変わった。秘密を保持するため、〈メンダキウム〉内に設けられたガラス張りの部屋には、すべて懸濁《S》粒子《P》装置《D》ガラスが用いられている。SPDガラスは、電気を流したり止めたりすることによって、たやすく透過と不透過を切り替えることができる。パネル内に分散する棒状の微小な懸濁粒子の向きを、電圧によってそろえたり乱したりする仕組みだ。

情報の遮断は、大機構の成功に欠かせない。

おのれの任務のみを知れ。何も共有するな。

自分だけの空間に身を置いたノールトンは、メモリースティックをコンピューターに挿して、評価にかかろうとファイルをクリックした。

すぐに画面が暗くなり……水の小さく波打つ音がスピーカーから流れはじめた。モニターにゆっくり画像が現れる……形が定まらず、あいまいだ。暗闇からひとつの光景が浮かび、焦点を結びはじめる……洞窟《どうくつ》の内部……あるいは巨大な部屋か何かだろうか。下は水面で、地底湖を思わせる。不思議なことに、水が輝いて見えた……中から照らされているかのようだ。

ノールトンはこんなものを見たことがなかった。洞窟全体が妖《あや》しい赤みを帯びて輝き、水際の青白い壁にはさざ波が巻きひげのように映っている。この場所は……いったいなんだ？

波の音がつづくなか、カメラが下へ傾きはじめた。水面へ向かって垂直に降下したのち、発光する水面を突き破る。波の音が消え、水に包まれた不気味な静けさが支配した。水中に沈んだカメラはなおも下降をつづけ、何フィートかおりたところで止まって、沈泥に覆われた底に焦点を合わせた。

水底には、チタンでできた長方形のプレートがボルトで留められ、揺らめく光を放っている。

プレートにはこう刻まれていた。

この場所で、この日に、
世界は永遠に変わった。

プレートの下端には、名前と日付が彫られている。

名前は依頼人のもの。

日付は……あすだ。

6

ラングドンは力強い手で引き起こされるのを感じた。混濁した意識の底から引きずり出され、支えられてタクシーをおりる。素足で踏みしめる歩道が冷たかった。

ブルックス医師の細い体に半ば身を預け、ふた棟の建物にはさまれた人気《ひとけ》のない歩道をよろよろと歩いていく。病衣が夜明けの空気をはらんでふくらみ、ふだんなら外気にふれないところにまでその冷たさが染み渡った。

病院で投与された鎮静剤のせいで、思考も視界もぼやけていた。粘ついた仄暗《ほのぐら》い水のなかをもがいて進むような感覚だ。ブルックス医師が意外なほどの力でラングドンを支え、引きずるようにして前進させていた。

「階段よ」ブルックス医師のその声で、建物の脇の出入口にたどり着いたのを知った。

ラングドンは手すりにつかまり、ふらつきながら一段ずつのぼっていった。体がひどく重い。いまやブルックス医師の手で文字どおり押しあげられていた。階段をのぼりきったところで、ブルックス医師が古びて錆《さび》の浮いたキーパッドにいくつか番号を打ちこむと、ブザー音とともにドアが開いた。

建物のなかもたいしてあたたかくはなかったが、外の粗い路面を歩いてきた足には、タイル張りの床が柔らかなカーペットのようにさえ感じられた。ブルックス医師が小さなエレベーターの前まで誘導し、蛇腹式のドアを引きあけて、電話ボックスほどしかない箱へラングドンを押し入れた。ＭＳブランドの煙草のにおいがする――淹《い》れたてのエスプレッソの芳香と同じくらい、イタリアの至るところで出くわすほろ苦い香りだ。ほんのわずかではあったが、そのにおいが頭の靄《もや》を払ってくれた。ブルックス医師が停止階ボタンを押すと、頭上の高みでがたついた歯車が嚙《か》み合い、うなりをあげて作動した。

そして上へ……

上昇しだすと同時に、箱はきしみながら振動した。四方の壁板はただの金属格子なので、ラングドンは一定の間を置いて下へ流れていくエレベーター・シャフトの内壁を見つめる羽目になった。これほど意識が混濁しているのに、長年かかえてきた閉所への恐怖心はしぶとく残っていた。

見るな。

壁に寄りかかり、息を整えようとつとめた。前腕が痛んだので見おろすと、ハリス・ツイードの片袖《かたそで》が包帯のように無理やり巻きつけてあった。上着の残りの部分は、地面まで垂れてすり切れ、すっかり汚れている。

ラングドンは頭のうずきに耐えかねて目を閉じたが、とたんにまた、あの闇に襲われた。

見覚えのある光景が形をなす――ベールをかぶった、彫像のような女。魔よけのネックレスを身につけていて、髪は銀色の巻き毛だ。前と変わらず、血に染まった赤い川の岸辺で、のたうつ亡者たちに取り囲まれている。ラングドンに語りかける女の声が懇願の響きを帯びる。尋ねよ、さらば見いださん！

ラングドンは強烈な思いに襲われた。この人を救わなくては……みんなを救わなくては。地中から突き出た逆さの両脚が、力を失って倒れていく……一本、そしてもう一本と。

あなたはだれですか？ラングドンは声なき声をあげた。何が望みですか！

女の豊かな銀髪が熱い風になびきはじめた。時が尽きていきます、と女がささやき、魔よけのネックレスにふれる。そして、前ぶれもなく、女は目のくらむような炎の柱となって炸裂《さくれつ》し、すさまじい爆風が川を渡ってふたりを呑《の》みこんでいく。

ラングドンは叫び声をあげ、はっと目を開いた。

ブルックス医師が心配そうにこちらを見ていた。「どうしたの？」

「また幻覚を見たんだ！」ラングドンは大声で言った。「同じ光景だった」

「銀髪の女性を？　それに、たくさんの死体も？」

額に玉の汗を浮かべて、ラングドンはうなずいた。

「心配しないで」ブルックス医師は声を震わせながらも、力づけるように言った。

まれるの」

「特定の場面がよみがえるのは、記憶喪失ではよくあることよ。記憶を整理したり分類したりする脳の機能が一時的に損なわれて、すべてがひとつのイメージにほうりこまれるの」

「あまり楽しいイメージじゃないな」ラングドンはどうにか答えた。

「そうでしょうね。でも治らないうちは、記憶が入り乱れて混沌《こんとん》とした状態がつづく――過去も現在も想像も、全部混ぜこぜになった状態がね。夢のなかで起こることと同じよ」

エレベーターが揺れながら停止し、ブルックス医師は蛇腹式のドアを引きあけた。こんどは暗くてせまい廊下を、またふたりで歩いていく。途中の窓から外を見ると、フィレンツェの連なる屋根のぼやけた輪郭が曙光《しょこう》のなかに浮かびあがりはじめていた。廊下の突きあたりでブルックス医師は身をかがめ、干からびそうな鉢植えの下から鍵《かぎ》を取り出して、ドアを解錠した。

そこは小さなアパートメントで、においについて言えば、バニラの香りのキャンドルと古いカーペットが負けじと張り合っているらしかった。家具や装飾品は貧相としか言いようがない――ガレージセールで一式そろえたかのようだ。ブルックス医師がサーモスタットのつまみを合わせると、暖房機が轟音《ごうおん》をあげて動きだした。

ブルックス医師はその場で目をつぶり、気を静めようとしているのか、ゆっくりと大きく息をついた。それから振り向いて、樹脂天板のテーブルと安っぽい椅子二脚が置かれた質素な簡易キッチンへ、ラングドンを連れていった。

ラングドンはようやくすわれると思って椅子のほうへ歩み寄ったが、ブルックス医師がその腕を片手でつかみ、反対の手で戸棚をあけた。中はほとんど空だった。箱入りのクラッカーと袋入りのパスタがいくつか、缶コーラ一本、そして〈ノードーズ〉と記されたプラスチックボトル。

ブルックス医師はそのボトルを手にとり、カプセル剤を六錠、ラングドンの手のひらに振り出した。「カフェインよ。今夜みたいに夜勤をするときのための」

ラングドンは薬を口にほうりこみ、水がないかとあたりを見まわした。

「嚙んで」ブルックス医師は言った。「そのほうが速く全身にまわって、鎮静剤の効果が中和されやすくなるから」

ラングドンは錠剤を嚙むなり、顔をゆがめた。どう考えても、これは丸呑《まるの》みが前提の苦さだ。ブルックス医師が冷蔵庫をあけ、半量だけ残っていたサン・ペレグリノのボトルを手渡してよこした。ラングドンはありがたくその炭酸水をがぶ飲みした。

ポニーテールのブルックス医師は、こんどはラングドンの右腕をとり、包帯代わりに巻きつけてあった上着をはずして、テーブルに置いた。そして注意深く傷の具合を調べた。むき出しの腕を持ちあげるとき、その華奢《きやしゃ》な手が震えているのにラングドンは気づいた。

「だいじょうぶよ、すぐによくなる」ブルックス医師は明言した。

気をたしかに持ってくれるといいが、とラングドンは思った。何から逃げ延びてきたのか、ふたりともほとんどわからない状況なのだから。「ドクター・ブルックス」ラングドンは言った。「だれかに連絡しないと。領事館か……警察か。だれかに」

ブルックス医師は首を縦に振った。「そうね。それに、ドクター・ブルックスと呼ぶのもそろそろやめにして――わたしの名前はシエナよ」

ラングドンはうなずいた。「ありがとう。ロバートだ」命からがらふたりで逃げたことで絆《きずな》が生まれ、ファーストネームで呼び合うのも当然に思えた。「イギリス人だと言っていたね」

「生まれはそう」

「訛《なま》りがないようだが」

「よかった」シエナ・ブルックスは言った。「苦労して訛りを抜いたの」

ラングドンはなぜかと尋ねかけたが、シエナはそれを待たずに、自分についてくるよう促した。せまい廊下を先に立って歩き、薄暗い小さなバスルームへはいっていく。洗面台の上の鏡で、ラングドンは病室の窓に映ったのを見て以来はじめて、自分の顔と対面した。

見られたものじゃないな。濃い色の髪はべたついて張りつき、目は充血して生気がない。顎《あご》は無精ひげに覆われて黒ずんでいる。

シエナが蛇口をあけ、ラングドンの傷ついた前腕を氷のように冷たい水の下へ導いた。鋭い痛みが走ったが、ラングドンはひるみながらも腕を伸ばしつづけた。

シエナは新品の浴用タオルを一枚とり、容器から液体の抗菌石鹸《せっけん》を押し出して含ませた。「見ないほうがいいかも」

「平気だ。こういうのには強いほう――」

シエナが傷を容赦なくこすりはじめたので、白熱の痛みが腕を貫いた。抗議の声をあげそうになるのを、ラングドンは歯を食いしばってこらえた。

「感染は避けたいでしょう」ますます強くこすりながら、シエナは言った。「それに、当局に連絡するつもりなら、いまよりもっと感覚を研ぎ澄ましておかないとね。痛みは何よりもアドレナリンの分泌を促進するんだから」

ラングドンは、それからゆうに十秒はこすり洗いに耐えたあと、腕をぐいと引っこめた。もうたくさんだ！　たしかに、多少は力がよみがえり、頭も冴《さ》えた気がする。いまや、腕の痛みが頭のうずきを圧倒していた。

「これでよし」と言ってシエナは水を止め、清潔なタオルでラングドンの腕を軽く叩《たた》いて水気をとった。それから包帯を控えめに巻きはじめたが、そこでラングドンははじめて、あることに——愕然《がくぜん》とする事実に——気づいて面食らった。

かれこれ四十年にわたって、ラングドンは両親から贈られたコレクター用限定版のミッキー・マウスの腕時計を身につけてきた。あのミッキーの笑顔と大きく振り動かされる両腕は、もっとよく笑え、人生を深刻にとらえすぎるな、と日々忠告する役目を担ってくれていた。

「う……腕時計」ラングドンはうめくように言った。「腕時計がない！」そうとわかったとたん、ひどく心もとない気分になった。「病院に着いたときは、腕にはめていただろうか」

シエナはいぶかしげな目を向けた。そんな些細《ささい》なことをなぜ気にするのかと不思議がっているらしい。「腕時計には気がつかなかった。さあ、ちょっと顔でも洗っていて。二、三分でもどるから、どうやって助けを呼ぶかはそのあとで話し合いましょう」そう言って歩きだしたが、入口で足を止め、鏡のなかのラングドンをじっと見た。

「わたしがいないあいだに、だれかがあなたを殺したがってる理由について、よく考えておいて。当局が真っ先に尋ねるのはそのことだと思う」

「待って、どこへ行くんだ」

「警察と話すのに半裸ってわけにいかないでしょう。着るものを探してくるのよ。お隣さんがあなたと同じくらいの背恰好《せかっこう》でね。いま留守にしてて、わたしが彼の猫に餌をあげてるの。だから貸しがあるってわけ」

それだけ言って、シエナは立ち去った。

ロバート・ラングドンは洗面台の上の小さな鏡のほうへ向きなおったが、こちらを見返す人物が見知らぬ他人のように感じられた。だれかが自分を殺したがっているなんて。頭のなかで、録音で聞かされた不明瞭《ふめいりょう》なうわごとが、またもや再生された。

ヴェリー・ソーリー。ほんとうにすまない。

もっと思い出せないかと記憶を探ったが……どうにもならなかった。うつろな空白しか見えない。わかっているのは、自分がフィレンツェにいて、頭に銃創を負ったことだけだった。

ラングドンは生気のない自分の目をのぞきこみながら、いまにも自宅の読書用の椅子で目覚めるのではないかと想像した。手には『死せる魂』と空のマティーニ・グラスを持ち、ゴーゴリとボンベイ・サファイアの組み合わせは最悪だったと毒づくのではないか、と。

7

ラングドンは血のついた病衣を脱ぎ、タオルを腰に巻きつけた。顔に水を浴びせかけたのち、後頭部の縫い跡にそっとふれてみる。皮膚に痛みがあるが、べたついた髪をほぐしてかぶせると、傷はほとんど隠れた。カフェインの薬が効きはじめ、ようやく霧が晴れていくのを感じた。

考えろ、ロバート。思い出すんだ。

窓のないバスルームのせいで不意に閉所恐怖症が呼びもどされ、外へ出たラングドンは、廊下の向かいの半開きのドアから細長く漏れている自然光のほうへ無意識に足を向けた。書斎代わりに使っているらしいその部屋には、安物の机とすり切れた回転椅子が置かれ、種々雑多な本が床に積んであり、そしてありがたいことに……窓があった。

ラングドンは日の光を求めて進んだ。

彼方《かなた》をのぼっていくトスカーナの太陽が、目覚めかけた街の最も背の高い面々――ジョットの鐘楼、バディア・フィオレンティーナ教会、バルジェッロ国立博物館――に、いままさにキスをしはじめている。ラングドンは冷たい窓ガラスに額を押しあてた。三月の空気は凛《りん》として冷たく、丘の向こうに顔をのぞかせた太陽のあらゆる光を増幅している。

世に言う〝画家の光〟だ。

空を背にした風景の中心には、赤い煉瓦《れんが》タイル張りの壮麗な円蓋《えんがい》がそびえ、信号灯さながらに輝く金箔《きんぱく》をかぶせた銅球がその頂を飾っている。ドゥオーモ。ブルネッレスキはこのバシリカ式聖堂の巨大な円蓋の建設を監督したことで建築史に名を残し、五百年以上が経過したいまも、高さ三百七十五フィートのこの建造物は、ドゥオーモ広場に不動の巨人として屹立《きつりつ》している。

自分はなぜフィレンツェにいるのだろう。

イタリア美術に長年心を寄せてきたラングドンにとって、フィレンツェはヨーロッパのなかでも特に好んで訪れる場所のひとつとなっていた。ここは、ミケランジェロが幼少期に路地裏で遊び、のちにその工房でイタリア・ルネッサンスを開花させた街だ。そう、ここはフィレンツェ。あまたの美術館が数かぎりない旅行者を惹《ひ》きつけ、ボッティチェルリの〈ヴィーナスの誕生〉やダ・ヴィンチの〈受胎告知〉、そして市民の大いなる誇りと喜び――〈ダヴィデ像〉――に感嘆の声をあげさせる街だ。

ラングドンは十代のころ、ミケランジェロの〈ダヴィデ像〉をはじめて目にしてすっかり魅了されたものだった。アカデミア美術館に足を踏み入れ……ミケランジェロの未完の彫像群〈奴隷〉が厳粛に並び立つなかをゆっくりと進み……そして、ただならぬ気配に抗えず視線をあげると、そこに高さ十七フィートのあの傑作があった。〈ダヴィデ像〉をはじめて目にした者はたいがい、そのあまりの大きさや隆々たる筋肉に驚愕《きょうがく》するのだが、ラングドンの場合、何よりも心を打たれたのはダヴィデのとっているポーズの巧みさだった。ミケランジェロは〝コントラポスト〟と呼ばれる古典的なポーズを用いて、ダヴィデが右に重心を置き、左脚にはほとんど体重をかけていないように錯覚させているが、実はこの左脚も何トンもの大理石を支えている。

ラングドンにとっては、偉大な彫刻の持つ真の力をはじめて教えてくれたのが〈ダヴィデ像〉だった。ここ数日のうちに自分がその傑作を見に訪れただろうかと考えてみたが、呼び起こせたのは、病院で目を覚まし、罪もない医師が殺されるのを目のあたりにした記憶だけだった。ヴェリー・ソーリー。ほんとうにすまない。

いまや罪悪感で胸が悪くなりそうだった。自分は何をしたんだ？

窓辺に立っていたラングドンは、視界の端でふと、かたわらの机に載ったノート型パソコンをとらえた。ゆうべ自分の身に何が起こったにせよ、すでにニュースになっているかもしれないと、にわかに思い至った。

インターネットにアクセスできたら、答が見つかるかもしれない。

ラングドンは入口のほうを振り返って、声を張りあげた。「シエナ？」

返事がない。まだ隣人の部屋で服を見つくろっているのか。

無断で使っても責められはしまいと判断し、ラングドンはパソコンを開いて電源を入れた。

ホーム画面が表示された――ウィンドウズ標準搭載の〝青空に雲〟の壁紙だ。ラングドンはすぐさまグーグル・イタリアの検索ページを開き、〝ロバート・ラングドン〟と打ちこんだ。

こんな姿をもし学生たちに見られたら、と思いながら検索をはじめる。ラングドンはつねづね、自分自身を〝ググる〟のはやめるよう学生たちに諭していた――この新種の奇怪な暇つぶしは、いまやアメリカじゅうの若者が取り憑《つ》かれているらしい、自分がどの程度の有名人かを知りたくてたまらないという強迫観念の表れそのものだ。

検索結果が画面に現れた。ラングドン本人や、著書や大学の授業に関連するページが数百件ヒットしていた。探しているのはこれではない。

ラングドンはニュースのボタンを選択して、検索結果を絞りこんだ。

ページが更新された。〝ロバート・ラングドン〟関連のニュースがずらりと並ぶ。

サイン会のご案内――著者のロバート・ラングドンが来店し……

ロバート・ラングドンによる卒業生への祝辞は……

ロバート・ラングドン、象徴学の入門書を出版し……

リストは何ページもあるというのに、ここ数日のものは――いまの窮状を解明してくれそうなニュースは――一件も見あたらなかった。ゆうべ、何か事件は？　つづけて、フィレンツェで発行されている英字新聞《フロレンティーン》紙のウェブサイトにアクセスした。見出しやニュース速報欄、警察関係のブログにざっと目を通したが、どこかのアパートメントの火災と、官僚の公金横領スキャンダルと、さまざまな軽犯罪事件の記事が出ているだけだった。

何もない？

ある速報記事に目が留まった。ゆうべドゥオーモ広場の近くで、市の職員が心臓発作を起こして死去していた。職員の名前は公表されていないが、犯罪がからんでいる疑いはないようだ。

最後には、ほかに手立ても思いつかなかったので、ハーヴァード大学の自分のEメールアカウントにログインし、答が見つからないかと思いながら受信トレイをチェックした。届いていたのは、ふだんと変わらぬ同僚や学生や友人からのメールばかりで、そのほとんどは翌週の約束に関する内容だった。

自分がいなくなったのをだれも知らないのか。

疑念を募らせながら、電源を落としてパソコンを閉じた。その場を離れようとしたとき、目を引かれたものがあった。シエナの机の隅に積まれた古い医学系の専門誌や新聞のてっぺんに、インスタント写真が一枚載っている。シエナ・ブルックスと同僚の顎《あご》ひげの医師が病院の廊下でいっしょに笑っている写真だ。

マルコーニ医師だ、とラングドンは思い、自責の念に苛《さいな》まれながら、写真を手にとってながめた。

写真をもどそうとしたとき、本の山の上に置かれた黄色い小冊子が見えて驚いた。ロンドンのグローブ座でおこなわれた劇のぼろぼろになったプログラムだ。表紙によると、演目はシェイクスピアの〈真夏の夜の夢〉で……上演されたのは二十五年ほど前だ。

表紙の上のほうに、マジックペンでこんなメッセージが走り書きされている――

〝ずっと忘れないで、あなたは奇跡だってことを〟。

プログラムを手にとると、新聞記事の切り抜きの束が机の上に落ちた。あわててもとにもどそうとしたが、切り抜きのはさんであったすり切れたページを開いたところで、はたと手が止まった。

シェイクスピアの生み出した、いたずら好きの妖精《ようせい》パック。それを演じる子役俳優の写真がそこに出ていた。写真を見るかぎり、せいぜい五歳くらいの幼い女の子で、金髪をどこかで見たようなポニーテールにしている。

写真の下にはこう記されていた――〝スター誕生〟。

略歴の欄には、シエナ・ブルックスという天才子役を褒めちぎることばが並んでいた。ずば抜けて高い知能《IQ》指数の持ち主で、ひと晩ですべての登場人物の台詞《せりふ》を暗記し、最初のころのリハーサルでは共演者たちに何度かキューまで出したらしい。この五歳児の趣味には、バイオリンやチェス、生物学や化学までも含まれていた。ロンドン郊外のブラックヒースに住む裕福な夫婦の子供で、科学の世界ではすでに有名人であり、四歳のころには、チェスのグランドマスターを堂々と打ち負かし、三か国語で読書をしていたという。

すごいな、とラングドンは思った。シエナ。これでいくつかのことに合点がいく。

ラングドンはハーヴァード大学の最も名高い卒業生のひとりを思い出した。ソール・クリプキという名前の神童で、六歳でヘブライ語を独習し、十二歳までにデカルトの全著作を読破していたという。最近では、モーシェ・カイ・カヴァリンという天才少年に関する記事を読んだことがある。十一歳のとき、成績平均値四・〇、つまり満点で大学の学位を取得し、マーシャル・アーツの国内選手権で優勝、そして十四歳で『ウィ・キャン・ドゥ』と題した著書を出版した少年だ。

こんどは切り抜きの一枚を手にとった。七歳のシエナの写真が載った新聞記事で、〝IQ二〇八を誇る天才少女〟と見出しがついている。

そんなに高いIQ値が出るものとは知らなかった。その記事によると、シエナ・ブルックスはバイオリンの名演奏者であり、一か月で新しい言語を習得し、さらに解剖学や生理学も独学しているという。

医学誌からの切り抜きに目を移した。〝思考力の未来――すべての頭脳が平等に創られているわけではない〟とある。

この記事にも、大型の医療機器のそばに立つ、やはり金色の髪をした十歳くらいのシエナの写真が添えられていた。医師へのインタビューが載っていたが、その医師の説明によると、PET（陽電子放射断層撮影法）検査をおこなったところ、シエナの小脳は常人のそれとは物理的に異なり、器官そのものがより大きく、より平滑な形状をしていて、ほとんどの人間には推測もつかない形で視覚空間情報を処理できることが判明したという。医師はさらにこう述べていた。シエナの生理学上の強みは、脳内において、癌の成長を思わせる異常な速さの細胞増殖が見られる点にほかならない。ただしこの場合、増殖するのは危険な癌細胞ではなく有益な脳組織であるのだが、と。

地方紙の切り抜きもあった。

〝並はずれた頭脳の災い〟。

写真はなかったが、同じく天才少女シエナ・ブルックスに関する記事で、一般の学校にかよおうとしても、うまく溶けこめないためにほかの生徒たちにいじめられるという話が載っていた。社交術が知能に追いつかず、仲間はずれにされがちな天才児の孤独を伝える内容だ。

その記事によると、シエナは八歳のときに家出したが、聡明《そうめい》なだけあって、見つかることなく十日間もひとりで生きていたという。発見されたのはロンドンの高級ホテルで、宿泊客の娘を装い、鍵《かぎ》をくすね、他人のつけでルームサービスの食事を注文していた。その週をかけて、『グレイの解剖学』全千六百ページを読みきったらしい。なぜ医学書を読んでいたのかという当局の質問に対し、シエナは自分の脳のどこがおかしいのか知りたかったから、と答えたそうだ。

ラングドンはこの少女を気の毒に思った。子供にとって、まわりとあまりにも異なっていることがどれほど孤独なものかは、察するに余りある。読んだ切り抜きをたたみなおしたあと、手を止めて、パックを演じる五歳のシエナの写真をいま一度ながめた。けさのシエナとの現実離れした出会いを考えると、夢を作り出すいたずらな妖精というのは、妙に適役だと思ってしまう。その芝居の登場人物たちのように、自分もここで目覚めて、いままでの出来事はただの夢だったと言えたらいいのに、とラングドンは思った。

切り抜きの束を注意深くもとのページにはさみ、プログラムを閉じたとき、ラングドンはふと、もの悲しさを覚えた。表紙のメッセージをふたたび目にしたせいだ――〝ずっと忘れないで、あなたは奇跡だってことを〟。

そのまま視線をおろすと、見覚えのある象徴が印刷されていた。世界じゅうで多くのプログラムの表紙を飾る、おなじみの古代ギリシャの絵文字《ピクトグラフ》――いわば演劇の代名詞となった、二千五百年の歴史を持つ象徴だ。

ル・マスケレ――ふたつの仮面。

こちらを見あげる「喜劇」と「悲劇」のふたつの顔をながめていると、不意に耳のなかで奇妙なハミングが聞こえた——頭の奥でワイヤーが強引に引っ張られていくかのようだ。頭蓋《ずがい》の内側で痛みが炸裂《さくれつ》する。仮面の幻覚が眼前に浮かぶ。ラングドンは思わずあえぎ、両手をあげて頭皮を鷲《わし》づかみにしながら、机の前の椅子にすわりこんできつく目を閉じた。

闇のなかで、あの奇怪な光景が荒々しくよみがえる……くっきりと鮮明に。

魔よけのネックレスをつけた銀髪の女が、赤い血の川の対岸から、またラングドンに呼びかけている。一心不乱の叫びが腐臭のする空気を貫き、責めさいなまれる者や死にゆく者たちの声を圧してはっきりと耳に届いた。ラングドンは、Rの文字の書かれた逆さの脚をふたたび目にした。半身が埋もれたまま、空気を求めて必死にもがくように、両脚で宙を掻《か》いている。

探して、見つけなさい！　女はラングドンに叫んだ。時が尽きていきます！

またしてもラングドンは抗しがたい使命感に駆られた。この人を救わなくては……

みんなを救わなくては。無我夢中で、血に染まった川の向こうの女に叫び返した。あなたはだれですか？

そしてまた、女は手をあげてベールをのけ、先刻ラングドンが見たのと同じ、驚くほどの美貌《びぼう》をあらわにした。

わたしは生《せい》、と女は言った。

前ぶれもなく、女の頭上に巨大な像が出現した――嘴《くちばし》のような長い鼻と、ぎらつくふたつの緑の目を備えた恐ろしげな仮面が、無表情にラングドンを見据える。

そして……わたしは死、と太い声が響いた。

8

ラングドンは目を開き、驚きに息を呑《の》んだ。頭をかかえてシエナの机の前にすわったままで、激しい鼓動がつづいている。

いまのはいったいなんだ？

銀髪の女と嘴の仮面のイメージが頭に残っていた。わたしは生。わたしは死。振り払おうとしても、脳裏に焼きつけられたかのようだ。机の上で、プログラムに描かれたふたつの仮面がこちらを見あげている。

記憶が入り乱れて混沌《こんとん》とした状態がつづく、とシエナは言っていた。過去も現在も想像も、全部混ぜこぜになった状態がね、と。

ラングドンはめまいを覚えた。

アパートメントのどこかで電話が鳴っていた。昔ながらの耳障りな呼び出し音で、キッチンのあたりから聞こえてくる。

「シエナ？」ラングドンは立ちあがって叫んだ。

返事がない。まだもどっていないらしい。ベルが二度鳴っただけで、留守番電話が作動した。

「もしもし、《チャオ》わたしです《ソノ・イオ》」シエナの声が愛想よく留守を伝える。「メッセージ《ラシャテミ・》を残してくだされば折り返しお電話します《ウン・メッサッジョ・エ・ヴィ・リキアメロ》」

発信音が鳴るなり、あわてた様子の女がきつい東欧訛《なま》りでメッセージを吹きこみはじめた。その声が廊下を伝って響いてくる。

「シエナ、あたしダニコヴァ！　どこいるの？　ひどいね！　あなたの友達ドクター・マルコーニ、死んだ！　病院めちゃくちゃなってる！　警察ここ来る！　みんな言ってる、患者助けようとしてあなた逃げてるって！　どうして？　知らない人でしょ！　いま警察、あなたと話したがってる！　従業員名簿とられる！　情報まちがってるのあたし知ってる——嘘の住所、電話番号ない、偽の就業ビザ——だからあなた、きょう見つからない、けどすぐ見つかるよ！　それ知らせたかった。すごく心配、シエナ」

そこで電話は切れた。

ラングドンは自責の念が新たに押し寄せてくるのを感じた。いまのメッセージから察するに、シエナはマルコーニ医師の黙認を得てあの病院に勤めていたようだ。ところが、ラングドンが現れたせいでマルコーニは命を落とし、シエナはとっさに知らない男を助けたために、のっぴきならない状況に追いこまれようとしている。

そのとき、アパートメントの端で、ドアが大きな音を立てて閉まった。

シエナがもどったらしい。

ほどなく、留守番電話がけたたましい声を再生した。「シエナ、あたしダニコヴァ！　どこいるの？」

シエナがこのあと何を聞くかを知っていたラングドンは、身のすくむ思いがした。

メッセージが流れているあいだに、急いでプログラムを片づけ、机の上を整頓《せいとん》した。そして、シエナの過去をのぞき見た後ろめたさを感じつつ、廊下をそっと横切ってバスルームへもどった。

十秒後、バスルームのドアが静かにノックされた。

「ドアノブに服を掛けておくから」動揺を感じさせるかすれた声で、シエナは言った。「どうもありがとう」ラングドンは答えた。

「着替えがすんだら、キッチンに来て」シエナは付け加えた。「どこかへ連絡する前に、伝えておきたい大事な話があるの」


シエナは重い足どりで廊下を歩き、アパートメントの質素な寝室にはいった。鏡つきのチェストから青のジーンズとセーターを取り出し、つづきのバスルームへ持っていく。

鏡に映った自分の姿に目を据えながら、ポニーテールの豊かな金髪をつかんで強く引きおろし、無毛の頭皮からするりとかつらをはずした。

髪のない三十二歳の女が、鏡のなかからこちらを見返している。

これまでの人生でいやと言うほど逆境に耐え、知力で苦難を乗り越える術《すべ》をわが身に叩《たた》きこんできたが、いまの窮状には心の奥深くで震撼《しんかん》させられていた。

かつらを脇に置いて、顔と手を洗った。水気を拭《ふ》きとったあと、服を着替え、かつらをまた装着して入念に整える。自己憐憫《れんびん》をみずからに許すことはめったになかったが、いまは体の奥底から涙がこみあげてきて、こらえるのはとても無理だと感じた。

だから、涙があふれ出るにまかせた。

どうにもならない人生を思って、泣いた。

目の前で絶命した師を思って、泣いた。

胸をふさぐ深い孤独を思って、泣いた。

だが、何より……こんなにも唐突に先の見えなくなった未来を思って、シエナは泣いた。

9

豪華クルーザー〈メンダキウム〉の船内では、閉めきったガラス張りの個室のなかで、上級調整員のローレンス・ノールトンがコンピューターのモニターを信じがたい思いで凝視していた。依頼人が託した動画を下見したばかりだった。

あすの朝、これをメディア向けにアップロードするのか？

大機構で十年勤務するあいだに、ノールトンは不正と不法の狭間《はざま》にある型破りの業務を数かぎりなく遂行してきた。道義に反するか否かのあいまいな領域で仕事をするのは、大機構では珍しいことではない——この組織の倫理において絶対視されるのは、依頼人との約束を守るためには手段を選ばないことだけだ。

われわれは完遂する。いっさい疑問をさしはさまずに。いかなることであろうと。

とはいえ、この動画をアップロードすることを考えると、ノールトンは平静ではいられなかった。過去にどれほど突飛な業務を成しとげたときも、つねにその根拠に納得し……動機を把握し……望まれる結果を理解していた。

しかし、この動画には当惑せざるをえなかった。

これには異様なところがある。

きわめて異様だ。

ノールトンはコンピューターの前の椅子にもたれ、もう一度見ればもっと理解できるかもしれないと思って、動画ファイルを再生しなおした。音量をあげ、身を入れて九分間の動画を見はじめる。

一度目と同じく、それは静かな波音とともにはじまった。そこは水の張った薄気味悪い洞窟《どうくつ》で、あらゆるものが荘厳な赤い光に包まれている。今回もカメラは、光に照らされた水面を突き破って降下し、沈泥に覆われた洞窟の底を映し出す。そしてまた、ノールトンは水中のプレートに刻まれた文を目にした――

この場所で、この日に、
世界は永遠に変わった。

その磨きあげられたプレートに依頼人自身の署名があることに、不穏なものが感じられる。〝この日〟というのはあすだ……そう思うとよけいに不安が募った。しかし、何よりも胸をざわつかせるのは、このあとにつづく映像だった。

カメラはここで左へパンして、プレートのすぐ横の水中に浮遊する奇怪な物体を映し出した。

そこには、短い糸で底につながれて揺らめく薄いビニールの球体がある。透きとおったその物体は特大の石鹸《せっけん》の泡のようにはかなげに漂い、風船さながらに水中に浮いている……ただし、この風船を満たしているのはヘリウムガスではなく、黄褐色をした何やらゼリー状の液体だ。形の定まらないその袋は直径が一フィートほどあるらしく、その透明な表面の内側では、音もなく成長していく台風の目のごとく、液体がどんよりとした雲になってゆっくり渦を巻いているように見える。

なんだ、これは、とノールトンは思った。体がじっとりと冷たい。たゆたうその袋は、初回に見たときにも増して不気味だった。

徐々に映像が薄れて真っ暗になる。

新たな映像が現れた——光に照らされた池でさざ波が躍り、洞窟の湿った壁面に反響している。そこへ影が浮かびあがる……男の影だ……洞窟のなかに立っている。

だが、男の顔はいびつな形をしている……あまりにも。

鼻があるべきところに、長い嘴《くちばし》がついている……まるで半人半鳥の怪物であるかのように。

嘴の男はくぐもった声でことばを紡ぐ……気味が悪いほど淀《よど》みなく……ゆったりと抑揚をつけて……まるで何かの古典劇の語り手であるかのように。

ノールトンが身じろぎもせず、息を詰めてすわっていると、嘴のついた人影は語った。

わたしは影だ。

きみたちがこれを見ているのなら、わが魂もようやく眠りに就けることになる。地下へ追いやられた身ゆえ、わたしはこうして地の底から世界へ語りかけなくてはならない。たどり着いたこの薄暗い洞窟には、血のように赤い水をたたえた池があるが、そこでは水面《みなも》に映ることはない……星々が。

だが、ここはわたしの天国だ……か弱きわが子を宿す理想の胎《はら》だ。

地獄《インフェルノ》。

まもなくきみたちは、わたしが何を遺《のこ》したかを知るだろう。

しかし、この場にいてさえ、わたしを追ってくる無知な者たちの足音を感じる……どんな手を使ってでも、わたしの企図をくじこうとしている者たちだ。

許してやれ、ときみたちは言うかもしれない。何をなすべきかを彼らは知らないのだから、と。だが、無知が許しがたい罪となる歴史的瞬間が迫っている……英知のみによって救われる瞬間が。

わたしは純然たる良心から、希望、救済、そして未来という贈り物をきみたちすべてに遺した。

それでも、わたしを異常者と勝手に決めつけていきり立ち、犬のように追いまわしてくる者たちがいる。わたしを怪物呼ばわりする銀髪の女がいる！　コペルニクスの死を願った蒙昧《もうまい》なる聖職者たちさながらに、その女は真理を知ったわたしを恐れ、悪魔とののしる。

しかし、わたしは預言者ではない。

わたしはきみたちの救済者だ。

わたしは影だ。

10

「すわって」シエナは言った。「いくつか訊《き》きたいことがあるの」

キッチンへ歩み入りながら、ラングドンは自分の足どりがかなりしっかりしたのを感じた。隣の住人のブリオーニのスーツを着ているが、驚くほど体に合っている。ローファーさえも履き心地がよく、帰国したら靴はイタリア製に替えようと心のなかでメモした。

帰国できたら、だな。

シエナも装いが変わっていた——しなやかな体の線を引き立たせる細身のジーンズとクリーム色のセーターに着替えていて、自然な美しさが感じられる。髪はポニーテールにしたままで、手術着の漂わせていた威厳がなくなったせいか、どことなく弱々しく見える。泣いていたのか、その目が赤くなっているのに気づき、ラングドンはまたもや強烈な罪の意識に襲われた。

「シエナ、ほんとうに申しわけない。電話のメッセージを聞いたよ。なんと言ったらいいのか」

「お気遣いありがとう」シエナは答えた。「だけど、いまはあなたの問題に集中しないと。どうぞ腰かけて」

その口調にもはや動揺の響きはうかがえず、いましがた読んだ、知性の高さと早熟な子供時代についての記事が思い起こされた。

「思い出してもらいたいの」シエナは言い、すわるように、なおも手ぶりで示した。

「このアパートメントまでどうやって来たかは覚えてる？」

その質問の意図をラングドンは測りかねた。「タクシーだ」と答え、テーブルの前の椅子に腰をおろす。「だれかがわれわれを狙って撃ってきたから」

「あなたを狙ってたのよ、教授。その点ははっきりさせましょう」

「そうだった。すまない」

「それと、タクシーに乗ってからの銃撃については何か覚えてる？」

妙な質問だ。「ああ、二発だ。一発目はサイドミラーにあたって、二発目でリアウィンドウが割れた」

「そうね、それじゃ目をつぶって」

記憶力を試されていることにラングドンは気づき、指示に従った。

「わたしのいまの服装は？」

それなら完璧《かんぺき》に覚えていた。「黒のフラットシューズと青いジーンズ、それにクリーム色のVネックのセーター。髪は金色で肩まであり、後ろで結んでいる。瞳《ひとみ》は茶色」

ラングドンは目をあけてシエナの外見をたしかめ、自分の映像記憶が正常に機能しているのを知って安堵《あんど》した。

「よかった。視覚的記銘は優秀ね。これで、あなたの記憶障害は完全に逆行性で、記憶形成の過程にも永続的な損傷はまったくないと確定できる。ここ数日の出来事で、新しく思い出したことは何かある？」

「いや、残念ながら。きみがいないあいだに、また例の幻に襲われたけど」

ラングドンはシエナに、ふたたび見た幻覚について話した。ベールをかぶった女、死者の山、悶《もだ》え苦しむ者たち、Rの文字が記された脚。それらに加えて、空に浮かんだ奇怪な嘴つきの仮面のことも。

「〝わたしは死〟ですって？」困惑の面持ちで、シエナは言った。

「ああ、そう言ったと思う」

「へえ……それって〝わたしは死神となり、世界の破壊者となった〟の上を行くかもしれないわね」

　若いシエナがいま引用したのは、原爆の父ロバート・オッペンハイマーが、最初の核実験について評したことばだった。

「それに、鼻が嘴の形で……目が緑の仮面？」シエナは不思議そうに言った。「なぜそんなものが見えたのか、心あたりはある？」

「ぜんぜんないな。ただ、そういう型の仮面は中世にはごくふつうに見られた」ラングドンは間を置いた。「〝疫病医の仮面〟と呼ばれるものだ」

　シエナは意外なほど不安げな顔をした。「疫病医の仮面？」

　ラングドンは手短に説明した。象徴の世界においては、長い嘴のついたその仮面の独特な形は、黒死病、すなわちペスト――一三〇〇年代にヨーロッパで猛威を振るい、いくつかの地域では人口の三分の一を死滅させた恐るべき疫病――とほぼ同義だ。黒死病の〝黒〟は、罹患《りかん》者の皮膚が壊疽《えそ》や皮下出血で黒ずむことを指していると考える人が多いが、実のところ、その黒という語は、人々のあいだに蔓延《まんえん》した流行病への底知れぬ恐怖をも表している。

「その長い嘴《くちばし》がついた仮面は」ラングドンはつづけた。「中世の疫病医が、感染者を治療するあいだ、病原菌を鼻孔から遠ざけるために顔につけていたんだ。現代では、ヴェネツィアのカーニバルのときに仮装用として使われるぐらいだけどね——イタリア史の暗黒時代を思い出させるおどろおどろしい品というわけさ」

「で、あなたはそういう仮面を幻覚のなかでたしかに見たのね？」いまや声を震わせながら、シエナは言った。「中世の疫病医の仮面を」

ラングドンはうなずいた。嘴つきの仮面を見誤るわけがない。

シエナは眉根《まゆね》を寄せている。悪い知らせを伝える最善の方法を考えているような顔つきだ。「そして、例の女性も〝探して、見つけなさい〟と繰り返していた」

「そう。前とまったく同じだった。だけど、何を探せと言われているのかさっぱりわからないんだ」

シエナは深刻な表情で、長々と息をついた。「わたしにはわかる気がする。もっと言えば……あなたはすでにそれを見つけてるのかも」

ラングドンは目を瞠《みは》った。「いったいなんの話だ」

「ロバート、あなたがゆうべ病院に来たとき、着ていた上着のポケットに見慣れないものがはいってたの。それがなんだか思い出せる？」

ラングドンは首を横に振った。

「はいってたのは……ちょっとびっくりするようなものよ。体をきれいにするために服を脱がせていたとき、わたしがたまたま見つけた」テーブルの上にひろげて置いてある血まみれのハリス・ツイードを、シエナは手で示した。「まだポケットのなかにあるのよ、もし見たいなら」

とまどいながら、ラングドンは上着に目をやった。ともかく、シエナがこれを取りにもどった理由だけはわかった。血に染まった上着をつかみ、すべてのポケットをひとつひとつあらためた。何もない。もう一度繰り返す。そしてとうとう、肩をすくめてシエナに向きなおった。「何もはいっていないよ」

「隠しポケットには？」

「なんだって？　これには隠しポケットなんかない」

「そう？」シエナは解せない顔をしている。「じゃあその上着は……だれかほかの人の？」

またしても頭が混乱してきた。「いや、まちがいなく自分のだ」

たしかだとも、とラングドンは思った。しかも、キャンバリー製の大好きな一着だったんだ。

ラングドンは裏地を折り返してシエナにラベルを見せた。服飾の世界のものとしては特に好きな象徴がついている――十三個のボタン状の宝石で飾られ、マルタ十字を戴《いただ》いた、ハリス・ツイードの伝統的な宝珠のマークだ。

布地にキリスト教騎士団の信念を織りこむのは、スコットランド人の得意技だ。

「ほら、これを見て」ラングドンはそう言って、ラベルに手で刺繍《ししゅう》されたイニシャル――R・L――を指し示した。ハリス・ツイードの手縫いのモデルには昔から目がなかったこともあり、購入の際にはいつも追加料金を払って自分のイニシャルを刺繍してもらっていた。大学のキャンパスでは、何百ものツイードの上着がしじゅう食堂や教室で脱ぎ着されるので、うっかり取りちがえられて割を食うのはごめんだ。

「まちがいないようね」シエナは上着を受けとりながら言った。「こんどはあなたが見て」

シエナは上着の前を大きく開き、襟首近くの裏地を見せた。そこには、目立たないよう裏地に隠して、巧みにこしらえた大きなポケットがあった。

なんだ、これは！

見たことがないのはたしかだ。

隠れた縫い目一本でできた、みごとな仕立てのポケットだった。

「こんなものはなかった！」ラングドンは言った。

「なら、たぶん見覚えがないのね……これも？」シエナはそのポケットに手を入れ、光沢のある金属の物体を取り出して、ラングドンの両手にそっと載せた。

　ラングドンはその物体を見て、すっかり困惑した。

「なんだかわかる？」シエナは尋ねた。

「いや……」ラングドンは口ごもった。「こんなものは見たこともない」

「でも、あいにく、わたしにはわかるの。そして、ほぼまちがいなく、これを持ってるせいであなたは命を狙われてるんだと思う」


〈メンダキウム〉では、上級調整員のノールトンが専用個室内を行きつもどりつしながら、明朝に世界へ向けて配信する予定の動画について考えこみ、いよいよ不安を募らせていた。

〝わたしは影だ〟だって？

広まっていた噂によると、この特別な依頼人は数か月前から異常な妄想に取り憑《つ》かれていたらしいが、動画はそうした噂を疑いの余地なく裏づけている。

選びうる道がふたつあることをノールトンは承知していた。契約どおりにあすの配信に向けて動画の準備を整えるか、これを上階へ持っていって総監に意見を求めるかだ。

総監の意見は尋ねるまでもない、とノールトンは思った。総監が依頼人との契約にない行動をとったことなど、一度もなかった。今回もこう言うに決まっている……動画を世界に向けてアップロードしろ、よけいな疑問をさしはさむな、と。そして、意見を求めた自分に対して怒りをぶちまけるだろう。

ノールトンは動画へ注意をもどし、特に不穏な個所まで巻きもどした。再生を開始すると、光に照らされた薄気味悪い洞窟《どうくつ》が、波音とともにふたたび現れた。人間の形をした影が、水のしたたる壁を背に浮かびあがる――鳥のような長い嘴を持つ長身の男だ。

くぐもった声で、異形の影がことばを発した。

現在は新たな暗黒時代にある。

何世紀も前、ヨーロッパは苦難のただなかにあった――人々は群れ集まり、飢餓に襲われ、罪と絶望の泥沼にはまっていた。さながら木々の密生した森のように、人々は枯れ木のあいだで息苦しさにあえぎ、神の雷《いかずち》が落とされるのを待ちわびていた――その閃光《せんこう》がついに燃え立たせた炎が、大地を駆けめぐって枯れ木を一掃し、健やかな根にふたたび陽光がもたらされることを。

選別とは、神がもたらす自然の秩序だ。

自問せよ、黒死病のあとには何が起こったか、と。

われわれはみな答を知っている。

ルネッサンス。

再生。

これは世の定めだ。死のあとには生がつづく。

天国にたどり着くには、人は地獄《インフェルノ》を通り抜けなくてはならない。

先達はわれわれにそう教えてくれた。

にもかかわらず、あの無知な銀髪の女はわたしを怪物呼ばわりするのか。未来の数学をまだ理解できないのか。そこから導き出される恐ろしい事実も。

わたしは影だ。

わたしはきみたちの救済者だ。

ゆえにわたしは、この洞窟の奥底に立ち、池の向こうを見つめている。この地中に沈んだ殿堂で、地獄《インフェルノ》は水の下にくすぶっている。

すぐにもそれは爆発して燃えひろがるだろう。

その瞬間には、この世の何物もそれを止めることができない。

11

ラングドンが手にしたその物体は、大きさのわりに驚くほど重く感じられた。細長くなめらかな、光沢のある金属の円筒で、長さはおよそ六インチある。両端はまるみを帯び、まるでミニチュアの魚雷のようだ。

「それを手荒に扱わないうちに」シエナが言った。「裏を見たほうがいいかも」こわばった笑みを向ける。「象徴学の教授なんでしょう?」

ラングドンが容器に注意をもどし、手のなかで回転させていくと、側面に刻まれた真っ赤な記号が視界にはいった。

たちまち体が硬直した。

図像学の研究者として、人間の意識に一瞬で恐怖を与えうるイメージがほんのわずかしかないのをラングドンは知っていた……が、目の前の記号はまちがいなくそのひとつだった。体がすぐさま反応した。ラングドンは容器をテーブルに置き、椅子ごと後ろにさがった。

シエナはうなずいた。「ええ、わたしの反応も同じだった」

容器に記されていたのは、三角形に似た単純な記号だった。

多くの人が恐れるこの記号について、ラングドンは何かで読んだ覚えがある。これは一九六〇年代にダウ・ケミカル社によって考案され、それまで使われていた頼りない警告表示の代わりに使われるようになった。すぐれた象徴の例に漏れず、形が単純で、目立ち、複製しやすい。また、蟹《かに》の爪からニンジャの手裏剣まで、種々のものを連想させる点も巧妙で、この現代の〝生物学的有害物質《バイオハザード》〟の象徴は、あらゆる言語で

〝危険〟を意味する世界的ブランドになった。

「この小さな容器はバイオチューブよ」シエナは言った。「危険物の運搬に使われるの。医療現場ではよく目にする。内側に発泡体が詰めてあって、そこへ試料容器を差しこんで、安全に運搬できるというわけ。この中身だけど……」バイオハザードの記号を指さす。「考えられるのは、致死性の化学物質か……あるいは……ウィルスか」

ひと呼吸置く。「はじめてアフリカからエボラウィルスの検体が持ち帰られたときも、これに似た容器にはいってたのよ」

ラングドンにとって、とうてい聞くに忍びない話だった。「なぜこんなものが上着に？　美術史の教授がどうしてこんなものを持ってるんだ」

身悶《みもだ》える亡者たちのすさまじい映像が脳裏にひらめく……そして、上空に浮かぶ疫病医の仮面も。

ヴェリー・ソーリー……ほんとうにすまない。

「出どころはわからないけど」シエナは言った。「この装置はものすごく高性能よ。チタンに鉛板を裏打ちしてある。ほとんど何も透過させなくて、放射線も例外じゃない。おそらく政府がらみね」それから、バイオハザードの記号の横にある、切手大の黒いパッドを指さした。「これは指紋認証装置。紛失や盗難に備えるためよ。この種の容器は特定の個人しかあけられないの」

もう頭はふだんどおりに回転していたが、それでもラングドンは話についていくのに四苦八苦している気分をぬぐえなかった。まさか自分が、生体認証装置で保護された容器を持ち歩いていたとは。

「あなたの上着からこの容器を見つけたとき、ドクター・マルコーニにこっそり見せたかったんだけど、その機会がないうちにあなたが目を覚ましたの。意識がないまま、あなたの親指をパッドにあててみることも考えたけど、容器の中身がどんなものかわからなかったし、それに──」

「この親指を？」ラングドンはかぶりを振った。「自分がこれをあけられるような設定になっているなんて、考えられない。生化学の知識などまったくないからね。こんなものを持っているなんてありえない」

「それはたしか？」

もちろん、たしかだった。手を伸ばして指紋パッドに親指を押しあてる。何も起こらない。「ほら。言ったとおり──」

チタンの容器が大きくカチリと鳴った。ラングドンは炎にふれたかのように、瞬時に手を引っこめた。そんなばかな。いまにも開いて致死性のガスを発するのではないか、という思いで容器を見つめる。三秒後、同じカチリという音がした。どうやらふたたびロックされたようだ。

無言のまま、ラングドンはシエナを見た。

シエナは不安げに息をついた。「本来の持ち主があなたなのは確実なようね」

ラングドンにとっては、何もかもつじつまが合わなかった。「そんなことはありえない。そもそも、どうやったらこの金属の塊が空港のセキュリティーチェックを通るんだ」

「自家用ジェット機で来たとか？　じゃなきゃ、イタリアに着いてから受けとったか」

「シエナ、領事館に電話したい。いますぐに」

「その前にあけてみるべきだとは思わない？」

ラングドンはこれまでの人生で、ときには賢明ではない助言に従ったこともあったが、有害物質用の容器をこんな場所であけるのは願いさげだった。「当局に引き渡すつもりだ。早急にね」

シエナは口を閉じ、どう返答すべきか考えた。「わかった。でも、その電話をかけたら、もういっしょにはいられない。わたしは巻きこまれるわけにいかないの。ぜったいにこの部屋には呼ばないで。この国での滞在に……いろいろ問題があってね」

ラングドンはシエナの目をまっすぐ見た。「シエナ、きみは命の恩人だ。きみの望むやり方に従うよ」

シエナは感謝のしるしにうなずき、窓に近づいて街路を見おろした。「じゃあ、こうしましょう」

シエナは手短にその計画を説明した。単純で、巧妙で、安全な策だ。

ラングドンが見守るなか、シエナは携帯電話を番号非通知にして発信した。指は華《きゃ》奢《しゃ》だが、確固たる意志を持って動いている。

「電話番号案内ですか《インフォルマツィオーニ・アッボナーティ》」シエナは完璧《かんぺき》な発音のイタリア語で言った。「お願いします《ペル・ファヴォーレ》、フィレンツェのアメリカ領事館の番号を教えてください《プオ・ダルミ・イル・ヌーメロ・デル・コンソラート・アメリカーノ・ディ・フィレンツェ》」

少し待ってから、電話番号をすばやく書き留めた。

「どうもありがとう《グラッツィエ・ミッレ》」と言い、電話を切る。

シエナはそのメモを携帯電話といっしょにラングドンのほうへ滑らせた。「あなたの番よ。何を言うか覚えてる？」

「記憶に問題はないさ」ラングドンは笑顔で答え、紙に書かれた番号を押した。呼び出し音が鳴りはじめる。

やるだけやってみよう。

携帯電話をスピーカーフォンに切り替え、シエナにも聞こえるようテーブルに置いた。録音された音声が応答し、領事館の業務内容や受付時間などの一般情報を案内した。受付は午前八時三十分からだ。

ラングドンは携帯電話に表示された時刻を確認した。まだ六時だ。

「緊急のご連絡の場合は」自動応答の音声がつづける。「夜間勤務の担当者におつなぎいたしますので、77を押してください」

ラングドンはすぐさまその番号を押した。

ふたたび呼び出し音が鳴る。

「アメリカ領事館です《コンソラート・アメリカーノ》」くたびれた声が応答した。「こちらは当直の者ですが《ソノ・イル・フンツイオナリオ・ディ・トゥルノ》」

「英語は話せますか《レイ・パルラ・イングレーゼ》」ラングドンが尋ねる。

「もちろんです」男はアメリカ英語で答えた。眠りを妨げられた不快感が、かすかに声からにじみ出ている。「どんなご用でしょうか」

「フィレンツェに滞在しているアメリカ人の者ですが、襲われました。ロバート・ラングドンといいます」

「パスポート番号をどうぞ」男はあからさまにあくびをした。

「パスポートは持っていません。盗まれたんだと思います。頭を撃たれましてね。さっきまで病院にいました。助けが要るんです」

相手はにわかに目を覚ましたようだった。「いま、撃たれたとおっしゃいました？もう一度フルネームをお願いします」

「ロバート・ラングドンです」

電話の向こうで衣《きぬ》ずれの音がしたあと、キーボードを打つ音が聞こえた。電子音がそれにつづく。少し間《ま》があった。ふたたびキーボードを叩《たた》く音。また電子音。それから甲高い電子音が三度つづけて鳴った。

さらに長い間《ま》があった。

「すみません」男は言った。「ミスター・ロバート・ラングドンでまちがいありませんね」

「ええ、そうです。困ったことに巻きこまれまして」

「お名前をお調べしたところ、特記事項がありまして、連絡がつきしだい総領事の首席秘書官におつなぎすることになっています」男は自分でも信じられないといった様子でしばし黙した。「そのままお待ちください」

「待ってくれ！　それはどういう――」

すでに呼び出し音が鳴っている。

四回鳴ってつながった。

「コリンズです」かすれた声が応答した。

ラングドンは深呼吸をしてから、つとめて落ち着いた声ではっきりと話した。「ミスター・コリンズ、ロバート・ラングドンと申します。アメリカ人で、いまフィレンツェに滞在しているんですが、銃で撃たれました。助けが要るんです。すぐにそちらの領事館にうかがいたいんですが、力になってくださいますか」

その低い声はためらいなく答えた。「ご無事で何よりです、ミスター・ラングドン。あなたをお探ししていました」

12

自分がこの街にいることを、アメリカ領事館は知っていたのか。

ラングドンはたちまち安堵《あんど》の波が押し寄せるのを感じた。

ミスター・コリンズは総領事の首席秘書官だと名乗り、プロフェッショナルらしい落ち着き払った口調で話したが、その声には切迫した響きがあった。「ミスター・ラングドン、至急あなたとお話ししたい。当然、電話では無理です」

それが当然かどうかなど、いまのラングドンにわかるはずもなかったが、話の腰を折る気はなかった。

「すぐに迎えにいかせましょう」コリンズは言った。「いまどちらにいらっしゃいますか」

スピーカーを通じたやりとりを聞きながら、シエナが心配そうに身じろぎする。シエナの提案どおりにするつもりでいたラングドンは、安心させようとうなずいてみせた。

「〈ペンシオーネ・ラ・フィオレンティーナ〉という小さなホテルにいます」そう言って、さっきシエナから名前を教わった、道の向かいに建つ味気ないホテルを見やった。コリンズにホテルの所番地を伝える。

「承知しました」コリンズは答えた。「どうかそこを動かないで。部屋にいてください。すぐに人を行かせますから。部屋番号は？」

ラングドンは思いついた番号を告げた。「三十九です」

「わかりました。二十分で着きます」そこでコリンズは声を落とした。「それと、ミスター・ラングドン。お怪我をなさって大変だとは思いますが、どうかこれだけは確認させてください……まだ所持なさっていますか?」

所持。暗号めいた言い方だが、質問の意味するところはひとつしか考えられない。キッチンのテーブルに置かれたバイオチューブへ視線が行く。「はい。まだ所持しています」

コリンズが深く息をつくのが聞こえた。「あなたから連絡がはいらなかったもので、てっきり……その、正直なところ、最悪の事態を想定していました。安心しましたよ。そこにいらっしゃってください。どこへも行かないように。二十分です。ドアをノックさせますから」

コリンズは電話を切った。

ラングドンは病院で目を覚ましてからはじめて、肩から力が抜けるのを感じた。領事館はいきさつを知っているし、もうじき自分も答を得られるだろう。目を閉じ、ゆっくりと息を漏らした。ようやく人心地がついた気がする。頭痛もほとんど消えていた。

「まるでMI6みたいなやりとりね」シエナが冗談交じりに言った。「あなた、スパイなの?」

いまではラングドンも、自分が何者なのかわからなくなっていた。二日間も記憶を失ったうえに、まるで覚えのない状況に置かれるなど、まったく理解不能だったが、目の前の現実は……二十分後にアメリカ領事館員とさびれたホテルで落ち合うことになっている。

いったい何が起こっているんだ？

ラングドンはシエナに目を向け、別れのときが近づいているのを感じたが、まだ自分たちのあいだに片づいていない問題がある気がした。病院で、顎《あご》ひげを生やした医師がシエナの目前で死んでいった様子が頭に浮かぶ。「シエナ」ラングドンは小さな声で言った。「きみの同僚……ドクター・マルコーニのことだが……やりきれない気持ちだ」

シエナはぼんやりとうなずいた。

「きみをこんなことに巻きこんでしまったのも、申しわけないと思っている。あの病院では特殊な立場にいたんだろうから、もし捜査がはいったら……」語尾がしぼんだ。

「いいのよ」シエナは言った。「転々と渡り歩くのは慣れてるから」

その遠い目を見たラングドンは、けさの出来事がシエナの人生のすべてを変えてしまったのだと悟った。ラングドン自身の人生も混乱のさなかにあったが、それでもこの相手に同情を禁じえなかった。

命を救ってくれたのに……自分はシエナの人生を台なしにしてしまった。

口を閉じたままゆうに一分が過ぎたが、話したいのに互いにことばが見つからず、空気がしだいに重くなっていく。結局のところ、ふたりは赤の他人で、せわしない奇妙な旅のすえに分かれ道に差しかかっただけだから、これからそれぞれの道を見つけなくてはならない。

「シエナ」やっとのことでラングドンは言った。「領事館と話してすべてが解決したあと、何かできることがあったら……言ってもらいたい」

「ありがとう」シエナはそうつぶやくと、悲しげに窓のほうへ目をやった。

時が刻々と過ぎるなか、シエナ・ブルックスはキッチンの窓から外を見るともなしに見つめ、きょうという日が自分をどこへ連れていくのかと考えた。どこであろうと、一日が終わるころには自分の世界は大きく変わっているにちがいない。

たぶんアドレナリンのせいにすぎないのだろうが、自分がこのアメリカ人の教授に不思議なほど惹《ひ》かれているのを感じていた。端整な顔だけでなく、誠実な心も持ち合わせているようだ。いまとまるで別の人生だったら、ロバート・ラングドンとともに歩むことも考えたかもしれない。

本人がことわってくるだろうけど。こんな傷物の女なんか。

思いを押し殺そうとしていたそのとき、窓の外のあるものが目にはいった。体を伸ばして窓に顔を寄せ、下の街路を注視する。「ロバート、見て！」

ラングドンが見おろすと、光沢のある黒いBMWのオートバイが重々しい音を立てて〈ペンシオーネ・ラ・フィオレンティーナ〉の前に停まったところだった。運転者は引きしまってたくましい体の持ち主で、黒いレザースーツとヘルメットを身につけている。その人影がなめらかな動きでオートバイからおり、磨かれた黒いヘルメットをはずしたとき、ラングドンの息を呑《の》む音がシエナの耳に届いた。

あのスパイクヘアを見まがうはずはない。

その女は見覚えのある拳銃《けんじゅう》を取り出し、サイレンサーを確認すると、ジャケットのポケットにもどした。そして、まがまがしくも優美な動きでホテルのなかへ消えた。

「ロバート」恐怖に張りつめた声で、シエナはささやいた。「アメリカ合衆国政府があなたのもとへ殺し屋を差し向けたのよ」

13

アパートメントの窓から向かいのホテルを凝視したまま、ロバート・ラングドンはパニックの波に襲われた。スパイクヘアの女がホテルにはいっていったが、どうやってその所番地を知ったのか、想像もつかなかった。

アドレナリンが体内を駆けめぐり、ふたたび思考を乱される。「合衆国政府が殺し屋を差し向けたって？」

シエナも同じくらい愕然《がくぜん》とした様子だった。「となると、病院であなたの命が狙われたのも、アメリカ政府の差し金だったってことよ」立ちあがり、戸締まりを入念にたしかめる。「もしアメリカ領事館にあなたを殺害する許可が与えられてるとしたら……」シエナは途中でやめたが、そうするまでもなかった。それが意味するところはあまりにも恐ろしい。

いったいどんな疑いをかけられている？　自分の国の政府に狙われるなんて！

病院にたどり着いたときにつぶやいていたという、ふたつの単語がラングドンの耳によみがえった。

ヴェリー・ソーリー……ほんとうにすまない。

「ここにいたら、あなたは危ない」シエナは言った。「それにわたしもね」道の向かいを手で示す。「あの女はわたしたちが病院から逃げ出すのを見ていたんだし、きっともう合衆国政府と警察がわたしの居場所を調べてると思う。このアパートメントは他人名義で又貸ししてもらってるんだけど、突き止められるのは時間の問題ね」テーブルの上のバイオチューブに目を向けた。「あれをあけるのよ。いますぐに」

ラングドンはチタンの容器を見やったが、視界を占めたのはバイオハザードの記号だった。

「何がはいってるにしても」シエナは言った。「識別コードとか、政府機関のラベルとか、電話番号とか、何かはあるはず。あなたには情報が必要なのよ。そう、わたしにも。合衆国政府はわたしの友人を殺したのよ！」

その痛切な響きでラングドンはわれに返り、小さくうなずいた。シエナが言うとおりだ。「そうだった。ほんとうに……すまない」またもや例のことばを耳にしてうんざりした。テーブルに置かれた容器に顔を向け、どんな答が隠されているのかと考える。「これをあけるのは恐ろしく危険かもしれない」

シエナは一考した。「中身がなんであれ、この上なく厳重に保護されてるはずよ。

たぶん、飛散防止加工がされたプレキシガラスの試験管にはいってると思う。このバイオチューブは、より安全に運ぶための外箱にすぎないのよ」

ラングドンはホテルの前に停められた黒いオートバイを窓越しに見た。女はまだ出てこないが、自分がいないことにまもなく気づくはずだ。それからどう動くだろう……このアパートメントのドアにこぶしが叩《たた》きつけられるまで、どのくらい時間が残されているのか。

ラングドンは腹を決めた。チタンの容器を手にとり、おそるおそる親指を生体認証パッドの上に置いた。一瞬ののち、容器が電子音を発し、大きくカチリと鳴った。

ふたたびロックされる前にラングドンは容器の左右をつかみ、別々の向きにひねった。四分の一まわしたところで、もう一度電子音が聞こえ、もはやあとには引けないと悟った。

両手が汗ばむのを感じながら、さらに容器をまわした。容器の両側が、精巧な作りの溝に沿ってなめらかに動いていく。ねじる動作をつづけていると、珍しいマトリョーシカ人形を解体している気分になった。とはいえ、いまは中から何が出てくるか、まったく見当もつかない。

五回まわしたところで左右の容器がはずれた。大きく息を吸い、ふたつを用心深く離していく。あいだをひろげると、発泡ゴムの内張りが出てきた。それをテーブルに載せる。ゴムのフットボールを横に引き伸ばしたような形の緩衝材だ。

やるしかない。

緩衝用の発泡ゴムの上部をめくると、おさまっていたものがついにあらわになった。

シエナはそれを見おろし、当惑のていで首をかしげた。「まさかこんなものだなんて」

最新技術が使われたガラス瓶か何かだろうとラングドンは予想していたが、バイオチューブの中身は現代的とはほど遠かった。見たところ象牙《ぞうげ》でできていて、ロール状に包装されたキャンディーの筒のようなものに、凝った彫刻が施されている。

「古そうね」シエナはささやいた。「たぶん何かの……」

「円筒印章だ」ラングドンはようやく息をついて言った。

シュメール人が紀元前三五〇〇年ごろに発明した円筒印章は、凹版版画の先駆けだ。意匠を凝らした絵図が彫りこまれ、芯《しん》は空洞になっている。そこに軸を通せば、現代のペンキローラーの要領で湿った粘土やテラコッタの上を転がし、帯状に連なった象徴や絵図や文字を〝刻印する〟ことができる。

目の前の円筒印章がかなり稀少《きしょう》価値の高いものなのはまちがいないが、なぜそれが生物兵器か何かのようにチタンの容器に封入されているのか、ラングドンには想像もつかなかった。

慎重に手のなかで円筒印章を転がしていくうちに、施された彫刻があまりにも陰惨なものだと気づいた――角を生やして三つの顔を持つ悪魔が、三人の男を三つの口で同時に食らっている。

たいしたながめだ。

ラングドンは悪魔の下に彫られた七つの文字に目を転じた。凝った飾り文字で、刻印用ローラーの文字の例に漏れず、左右反対に彫られているが、難なく読めた――〝SALIGIA〟と。

シエナが眉間《みけん》に皺《しわ》を寄せ、その文字を声に出して読んだ。「サリギア?」

ラングドンはうなずき、そのことばが口にされるのを聞いて寒気を覚えた。「七つの大罪をキリスト教徒にそらんじさせる目的で、中世にヴァチカンが考え出したラテン語だよ。〝サリギア《SALIGIA》〟というのは頭字語で、スペルビア《superbia》、アワリティア《avaritia》、ルクスリア《luxuria》、インウィディア《invidia》、グラ《gula》、イラ《ira》、アケディア《acedia》の頭文字をそれぞれとっている」

シエナは眉《まゆ》をひそめて言った。「高慢、貪欲《どんよく》、邪淫《じゃいん》、嫉妬《しっと》、貪食《どんしょく》、憤怒、怠惰」

ラングドンは感心した。「ラテン語を知ってるんだね」

「カトリックとして育ったの。罪なら知ってる」

ラングドンは笑顔を作って円筒印章に視線をもどし、それが危険物さながらにバイオチューブに入れられていた理由をまた考えた。

「象牙かと思ったら」シエナは言った。「これは骨ね」テーブルに置かれたその工芸品を日のあたる場所へ動かし、表面に見える何本かの筋を指した。「象牙には半透明の線が交差するように走っていて、ひし形の模様が作られてるの。でも骨にはこんなふうに線が平行に並んでいて、黒ずんだ穴がある」

ラングドンは印章をそっと手にとり、彫り物を仔細《しさい》に観察した。シュメール人の円筒印章には、原始的な絵柄や楔形《くさびがた》文字が彫られている。だが、この彫刻はそれよりはるかに精巧だ。おそらく中世のものだろう。そのうえ、この装飾には自分の幻覚と不気味なつながりがある。

シエナはいぶかしげにラングドンを見た。「どうしたの」

「また同じところに行き着く」ラングドンは硬い声つきで言い、彫り物の一部を示した。「三つの顔を持つ悪魔が人を食っているのが見えるかな。これは中世によく見られる絵柄だ――黒死病を表す図像だよ。何物にもかぶりつく三つの口は、かの疫病がいかにすさまじい勢いで人々を食い荒らしたかを象徴している」

容器に刻まれたバイオハザードの記号へ、シエナが不安そうに視線をやる。

ラングドンには、けさから黒死病の比喩《ひゆ》があまりにも頻繁に現れたように感じられ、この新たなつながりを認めるのは気が進まなかった。「〝サリギア〟は人類全体の罪を象徴するものだが……中世に広まった教えによると――」

「それを罰するために神はこの世に黒死病をもたらした」シエナがあとをつづけた。

「そうだ」その瞬間、ラングドンは思考の流れを断ち切られて口をつぐんだ。この円筒印章の奇妙な点に気づいたからだ。ふつうなら円筒の芯は空洞になっているので、中空の管のように向こうを見通せるのだが、これの芯は空洞ではない。何かが骨のなかに差しこんである。筒の先が光を受けてきらめいた。

「中に何かある」ラングドンは言った。「どうやらガラスでできているらしい」反対側を確認しようと逆さにしたところ、容器のなかのボールベアリングのように、小さな物体が中で軽い音を立てながら骨の端から端へ転がり落ちていった。

ラングドンは凍りつき、シエナもかたわらで小さく息を漏らした。

いったいなんだろう。

「いまの音、聞こえた？」シエナがささやいた。

ラングドンはうなずき、おそるおそる円筒の端からのぞきこんだ。「ふさがれているらしい……金属でできた何かに」試験管の蓋《ふた》か何かだろうか。

シエナはあとずさった。「もしかして……壊れてる？」

「そうは思えないな」ガラスでできたほうをあらためて観察しようと、ラングドンが注意深く傾けると、何かが転がる音がまた聞こえた。一瞬ののち、まったく予想もしなかったことが円筒内のガラスに起こった。

光を放ちはじめている。

シエナは目を見開いた。「ロバート、やめて！　動かさないで！」

14

ラングドンは骨の円筒を固く握った手を宙に浮かせたまま、凍りついていた。筒の端のガラスはまちがいなく光を放っている……中身がいきなり覚醒《かくせい》したかのような明るさだ。

光はすぐに弱まって、また暗くなった。

シエナは荒い息をつきながら、それに近寄った。顔を傾け、骨におさめられたガラスの外から見える部分を観察する。

「もう一度動かして」小声で言う。「焦らないで、ゆっくりと」

ラングドンは骨の筒を静かにひっくり返した。小さな物体がふたたび音を響かせながら骨の端まで転がり、そこで止まった。

「もう一度」シエナが言う。「慎重に」

ラングドンが繰り返すと、また中から同じ音が聞こえた。こんどはガラスがかすかに光を帯びはじめ、ほんの一瞬だけ輝いてすぐに消えた。

「やっぱり試験管があって」シエナは言いきった。「そこに攪拌玉《かくはん》がはいってるとしか思えない」

スプレー缶に使われる攪拌玉ならラングドンも知っていた——塗料のなかに沈められた小さな玉で、缶を振ったときに掻《か》き混ぜる役割をする。

「きっと何か燐光《りんこう》性の化合物が含まれてるのよ」シエナは言った。「または、刺激を受けると光る発光生物が」

ラングドンには、ほかに思いあたるものがあった。折ると光るケミカルライトなら見たことがあるし、船に生息水域を掻き乱されて発光するプランクトンのことも知っているが、いま手にしているこの筒の中身はそのどちらでもないとほぼ確信していた。円筒をまた何度か注意深く傾け、発光させて、光る先端を手のひらにかざす。予想したとおり、赤みがかったかすかな光が肌を照らした。

　ＩＱ二〇八でもまちがえるときがあるというのは痛快だな。

「見ていてくれ」ラングドンはそう言って、筒を激しく振りはじめた。中の物体がカラカラと音を立てて往復し、徐々に速さを増していく。

　シエナは跳びすさった。「どういうつもり！」

　ラングドンがなおも円筒を振りながらスイッチに歩み寄って、明かりを消すと、キッチンは真っ暗に近くなった。「中にあるのは試験管じゃない」思いきり強く振って言う。「ファラデーの法則を利用したポインターだよ」

　ラングドンは以前、ある学生から同種の装置を贈られたことがあった――乾電池を使いまくるのがきらいで、数秒振って必要なだけ運動エネルギーを電力に変換するのが億劫《おっくう》でない講演者にうってつけのレーザーポインターだ。それを振ると、中にはっている金属の玉がその勢いで前後に往復して、内蔵の超小型発電機を動かす仕組みになっていた。そういう特殊なポインターを、どうやら何者かが彫刻の施された骨の筒に差しこんだらしい。古代の衣をかぶった現代の電子装置というわけだ。

　手のなかにあるポインターの先端がいまや強い光を放ち、ラングドンはシエナに引きつった笑みを向けて言った。「ショータイムだ」

骨にくるまれたポインターを、キッチンの壁の何もないところへ向ける。壁が照らされると、シエナは驚いて息を呑《の》んだ。しかし、仰天して体ごとあとずさったのはラングドンのほうだった。

壁に現れたのは、レーザーの小さな赤い点ではなかった。年代物のスライド投影機のごとく、その円筒は解像度の高い鮮やかな一枚の写真を映し出した。

なんてことだ！　手をかすかに震わせながら、ラングドンは目の前の壁に投影された恐ろしい画像に見入った。自分が死のイメージを繰り返し見たのも無理はない。

かたわらでシエナが口を押さえ、ためらいがちに一歩進み出た。目にしているものにすっかり心を奪われているらしい。

彫刻の施された骨の筒が映し出したのは、苦悶《くもん》する人間たちを描いた陰惨な絵だった——無数の人々が、地獄のさまざまな階層でむごい拷問を受けている。地獄は大地の断面図として描かれ、漏斗《じょうご》の形をした底知れぬ巨大な穴となっている。大穴は、下へ行くほどに凄惨《せいさん》さを加えるいくつもの階層に分かれ、それぞれであらゆる種類の罪人が責め苦に遭っている。

ラングドンにはひと目でなんの絵かわかった。

眼前の名画——〈地獄の見取り図《ラ・マッパ・デル・インフェルノ》〉——は、イタリア・ルネッサンスの巨匠サンドロ・ボッティチェルリの手によるものだ。地獄の精巧な青写真であり、それまで描かれてきた死後の世界と比べると群を抜いて恐ろしい。現代の人々さえ、この陰鬱《いんうつ》で、残酷で、身の毛がよだつ絵画の前では足が止まる。力強く色彩豊かな〈春（プリマヴェーラ）〉や〈ヴィーナスの誕生〉などの作品と異なり、ボッティチェルリは赤やセピアや茶の重苦しい色調でこの作品を仕上げた。

ラングドンは、不意にあのすさまじい頭痛がよみがえるのを感じたが、それでも、見知らぬ病院で目を覚ましてからはじめて、パズルのピースがおさまった気がした。あの不気味な幻覚は、この名高い絵を目にしたせいで引き起こされたとしか思えない。

自分はボッティチェルリの〈地獄の見取り図〉を調べていたにちがいない。理由は思い出せないが。

絵自体も恐ろしいが、さらに不安を掻き立てるのは、その由来だった。この不吉な名画の原案をひらめいたのはボッティチェルリ自身ではなく……その二百年前に生きていた人物だ。

偉大な芸術に触発された、偉大な芸術。

実のところ、ボッティチェルリの〈地獄の見取り図〉は、いまや歴史上最も有名な文学作品と言って差し支えない十四世紀の著作へのオマージュとして創作された。その作品で描かれた地獄像の生々しさはよく知られ、今日まで多くのものに影響を及ぼしている。

ダンテの〈地獄篇《インフェルノ》〉だ。


道の向かいでは、ヴァエンサが従業員専用階段を音もなくのぼり、静まり返った小さな〈ペンシオーネ・ラ・フィオレンティーナ〉の屋上テラスに身をひそめた。ラングドンが領事館へ伝えていたのは、架空の部屋番号、偽の待ち合わせ場所だった。これはヴァエンサのいる世界では〝鏡映会合〟と呼ばれる瞞着《まんちゃく》の技術で、うまく使えば居場所を明かさずに状況を見定めることができる。当然ながら、〝鏡映〟の――つまり偽の――会合場所は、実際の居場所から完璧《かんぺき》に見通せるところが選ばれる。

ヴァエンサはその屋上で、身を隠したままあたりを一望できる地点を見つけた。通り向かいのアパートメントの建物に、下から上へゆっくりと視線を這《は》わせる。

そっちの番だよ、ミスター・ラングドン。


そのとき、〈メンダキウム〉の船上では、総監がマホガニー材の甲板へ歩み出て深く息を吸い、アドリア海の潮風を味わっていた。この大型船は、もうずっと以前からわが家も同然になっている。だがいま、フィレンツェで起こっている一連の出来事のせいで、これまでに築きあげたすべてが瓦解《がかい》しかねなかった。

現地隊員のヴァエンサが何もかもを危険にさらした。けりがついたら審問にかけることになるだろうが、いまはまだ必要な人材だ。

なんとしても、この混乱を収拾させなくてはならない。

背後にあわただしい足音が聞こえ、振り返ると、女性分析員のひとりが足早に近づいてくるところだった。

「総監」分析員は息を切らして言った。「新しい情報がはいりました」その声は朝の空気にただならぬ緊張をもたらした。「ロバート・ラングドンがつい先ほど、IPアドレスを偽装せずにハーヴァードのEメールアカウントにアクセスしたようです」いったんことばを切り、総監と視線を合わせる。「これでラングドンの正確な居場所を割り出せます」

総監は、ラングドンがなんと軽率な人間かと驚いた。これで何もかもが変わる。両手を合わせて遠くの海岸を見つめながら、今後への影響に考えをめぐらせる。「SRSチームの状況は把握しているか」

「はい。ラングドンの居場所から二マイルも離れていません」

総監はほんの一瞬で決断をくだした。

15

「ダンテの〈地獄篇〉《リンフェルノ・ディ・ダンテ》」シエナはつぶやき、真剣な表情を浮かべて、キッチンの壁に投影された地獄の鮮烈な絵図にゆっくりと近づいた。

ダンテが心に描いた地獄だ、とラングドンは思った。それがここに色鮮やかに映し出されている。

　世界文学の最高傑作のひとつとして讃《たた》えられる〈地獄篇〉は、三篇から構成されるダンテ・アリギエーリの『神曲』——ダンテが地獄の苛酷《かこく》な道をくだり、煉獄《れんごく》をめぐって、最後に天国へ行き着くまでが描かれた一万四千二百三十三行の叙事詩——の最初の一篇だ。〈地獄篇《インフェルノ》〉、〈煉獄篇《プルガトーリオ》〉、〈天国篇《パラディーゾ》〉の三篇のなかで、〈地獄篇〉は抜群に広く読まれ、人々の記憶に刻まれている。

　ダンテ・アリギエーリが一三〇〇年代に記したこの作品は、中世の地獄観をまさしく定義しなおした。このような娯楽の形を通じて、大衆が地獄の概念に心を奪われるなど、それまで例がなかった。ダンテの著作は、抽象的だった地獄の概念を鮮明で恐ろしい光景へと――生々しく、わかりやすく、忘れがたい光景へと――一夜にして結晶させた。この詩篇が発表されたあと、教会にかようキリスト教信者が急増したというのも驚くにあたらない。ダンテが新たな形にした地獄へはけっして堕《お》ちたくないと、罪人たちが恐れをなしたのだ。

目の前に現れたボッティチェルリの絵は、ダンテが思い描いた恐ろしい地獄の姿を、地中に埋もれた苦しみの漏斗――火と硫黄《いおう》と汚水と怪物に満ち、悪魔自身が中心で待ち受ける凄惨な地下空間――として具体化している。そこは〝地獄の九つの圏《たに》〟として知られる異なった九層から成り、罪人は犯した罪の重さに応じてそれぞれに振り分けられる。上方の圏《たに》のひとつでは、邪淫《じゃいん》の罪を犯した者、すなわち〝肉欲の罪人〟が、抑えられぬ欲望を象徴する暴風に果てしなく吹きさらされている。その下の圏《たに》では、貪食《どんしょく》の罪を犯した者たちが不潔なぬかるみに顔を押しつけられ、おのれの暴食の産物を口に詰めこまれている。さらにくだっていくと、異端者が墓に入れられたまま永遠に消えぬ猛火に焼かれている。その先も圏《たに》がつづき……下へ行くほど凄惨さを増していく。

世に出てから七世紀にわたって、ダンテの不朽の地獄像は偉大な創作者たちを刺激し、オマージュや翻案や二次創作を生み出してきた。ロングフェロー、チョーサー、マルクス、ミルトン、バルザック、ボルヘス、そして何人かの教皇までもが、ダンテの〈地獄篇〉を題材にした作品を著している。モンテヴェルディ、リスト、ワーグナー、チャイコフスキー、プッチーニらが、ダンテの作品を題材にした曲を作っている。ラングドンがひいきにしている現役のシンガーソングライター、ロリーナ・マッケニットもそうだ。現代のビデオゲームやｉＰａｄのアプリにも、ダンテに関連するものは山ほどある。

ラングドンは、ダンテの地獄像がいかに多くの象徴で彩られているかを学生たちにもぜひ伝えたいと思っているため、ダンテの著作や、それらが着想を与えた何世紀にも及ぶ作品群を採りあげ、そこに繰り返し現れる比喩《ひゆ》表現について、ときおり講義していた。

「ロバート」シエナが言い、壁の画像にさらに近づいた。「あれを見て！」漏斗形の地獄図の底に近い部分を指している。

そこは〝悪の濠《マーレボルジェ》〟として知られる場所だ。それは地獄で下から二番目にあたる第八の圏《たに》で、欺瞞《ぎまん》の罪の種類に応じて十の濠《ほり》に細かく分かれている。

シエナはいっそう興奮した様子でもう一度指した。「見て！　これが幻覚に出てきたって言わなかった？」

ラングドンはシエナが指を向けているところに目を凝らしたが、何も見えなかった。小型の投影機は電力を失いつつあり、画像がぼやけはじめている。明るく光るまで、また装置をすばやく振った。そして壁から遠ざけて、小さなキッチンの奥にあるカウンターの端に注意深く置き、もっと大きな画像が映るようにした。それからシエナのほうへ歩み寄り、輝く地図を調べようとその脇に立った。

シエナはあらためて地獄の第八の圏《たに》を指し示した。「見て。幻覚で、Rと書かれた脚が地面から逆さに突き出てたと言ってたでしょう？」壁の一点にふれる。「ほら、ここにある！」

ラングドンはこの絵を何度も見たことがあり、悪の濠の十番目には、上半身を埋められて脚を突き出している罪人たちがおおぜいいる。ただ、この絵では、奇妙なことに、まさしく幻覚で見たとおり、ひと組の脚に泥でRの文字が書かれていた。

どういうことだ！　ラングドンはその細かい部分にしっかり目を凝らした。「このRの字は……ボッティチェルリのもとの絵にはぜったいにない！」

「ここにも別の字がある」シエナがそう言って指さす。

別の濠へ向けられたその指の先をラングドンが目で追うと、頭を前後逆にねじられた魔術師の罪人にCの文字が書きつけてあった。

いったい、なんだ？　この絵には手が加えられている。

いまやほかの文字も見てとれた。そこにある十の濠すべてに、文字を記された罪人がいる。悪鬼に鞭打《むちう》たれる女衒《ぜげん》にはC……永劫《えいごう》に蛇に嚙《か》まれつづける盗人にはふたつ目のR……煮えたぎる瀝青《タール》の池に浸《つ》けられる汚吏《おり》にはA……

「この文字は」ラングドンは確信を持って言った。「どれもボッティチェルリのもとの絵には描かれていない。この絵はデジタル加工がされているんだ」

いちばん上の濠に視線をもどし、十の濠に書かれた文字を上から下へ順に読んでいった。


C……A……T……R……O……V……A……C……E……R

「カ、カ、カトロヴァ、サ、サー？」ラングドンは言った。「イタリア語だろうか」

シエナは首を横に振った。「ラテン語でもないわね。何も思いあたらない」

「ひょっとして……署名なのか」

「カトロヴァサーが？」納得していない表情でシエナは言った。「名前という感じがしないけど。それから、あれを見て」悪の濠の三番目にひしめく人物のひとりを指し示す。

目でその姿をとらえたとたん、ラングドンは寒気を覚えた。第三の濠にあふれ返る罪人の群れのなかに中世の図像があった――マントをまとい、嘴《くちばし》のような長い鼻と生気のない目のついた仮面をかぶっている。

疫病医の仮面。

「ボッティチェルリのもとの絵に、疫病医は描かれてる？」シエナは尋ねた。

「まさか。あれも描き加えられたものだ」

「もうひとつ。ボッティチェルリは自分の絵に署名をしたの？」

ラングドンは思い出せなかったが、たいがい署名が記される右下の隅に目を移したところ、シエナが尋ねた理由がわかった。そこには署名がなく、〈地獄の見取り図〉の濃い茶色のへりに沿って、ごく小さなブロック体で書かれた文が、かろうじて読みとれた。〝ラ・ヴェリタ・エ・ヴィジビレ・ソロ・アットラヴェルソ・リョッキ・デッラ・モルテ〟。

ラングドンは、その大意を解する程度にはイタリア語を知っていた。「〝真実は死者の目を通してのみ見える〟」

シエナはうなずいた。「妙ね」

目の前の陰惨な絵図がしだいに光を失っていくあいだ、ふたりは無言で立ちつくしていた。ダンテの〈地獄篇〉か。ラングドンは心のなかで言った。一三三〇年以来、それは不吉な芸術作品の原典でありつづけている。

ラングドンは、ダンテについての講義をおこなうときはかならずその一回を割き、〈地獄篇〉から着想を得た著名な芸術作品を採りあげて解説していた。ボッティチェルリの傑作〈地獄の見取り図〉を筆頭に、ロダンの不朽の彫刻〈地獄の門〉と〈三つの影〉……ストラダヌスが描いた、プレギュアスがステュクスの沼で亡者の群れのなかを漕《こ》ぎ進む絵……ウィリアム・ブレイクによる、邪淫の罪人たちが尽きせぬ暴風の渦に巻かれている挿画……ブグローの描いた、組み打ちをする裸の男ふたりをダンテとウェルギリウスが見つめる異様に官能的な絵画……バイロス作の、灼熱《しゃくねつ》のつぶてや火の粉が霰《あられ》のように降り注ぐなか、罪人たちが身を寄せ合っている挿画……サルバドール・ダリの手になる、水彩画や木版画の風変わりな挿画集……。そして、ドレの膨大な白黒のエッチング画には、地獄の門である洞穴から、翼をひろげた悪魔に至るまで、地獄のありとあらゆるものが描かれている。

だが、ダンテが詩で描いた地獄に影響されたのは、古今の偉大な芸術家たちだけではなかったことになる。どうやらほかにも刺激を受けた人間がいたらしい——そのねじくれた人物は、ボッティチェルリの名画にデジタル加工を施し、十個の字と疫病医を描き足したうえで、死者の目を通して真実を見るなどという不気味な文句を署名代わりにした。そして、その画像をハイテク投影機に仕込み、まがまがしい彫刻をした骨のなかにおさめたというわけだ。

だれがこんなものを作ったのか、ラングドンには想像もつかなかったが、いまはその謎もかすんでしまうほどの、ずっと不穏な疑問があった。

いったいいなぜ自分はこんなものを持っているのか。

ラングドンとともにキッチンにいるシエナが、これからどうすべきかと思案していると、下の通りからだしぬけに高馬力エンジンの轟音《ごうおん》が響いた。タイヤがきしむ甲高い断続音と、車のドアを閉める音がそれにつづく。

シエナは当惑して窓に駆け寄り、外をのぞいた。

黒一色のバンが、下の通りに横滑りしながら停まったところだった。左肩に緑の円形の徽章《きしょう》をあしらった黒い制服姿の男の一団が、バンから飛び出してくる。オートマチック・ライフルを携え、猛々《たけだけ》しくも軍隊さながらに無駄のない動きを見せている。

そして、四人がこの建物の入口に向かって、躊躇《ちゅうちょ》なく駆けだした。

シエナは血が凍るかのように感じた。「ロバート！」と叫ぶ。「何者かはわからないけど、追っ手が来たの！」

路上ではクリストフ・ブリューダー隊長が、建物に突入する部下たちに大声で指示を飛ばしていた。屈強な肉体の男で、軍隊での経験から、感情を交えずに義務を果たし、指揮系統を重んじる態度が身に染みこんでいた。任務もその重大さも、しっかり心得ている。

所属する組織には数多くの部門があるが、ブリューダーの部門――監視《S》・対応《R》支援《S》チーム――が招集されるのは、状況が〝危機〟に陥ったときにかぎられていた。

建物のなかへ部下たちが消えていくと、ブリューダーは正面入口を見張りながら通信端末を取り出した。

「こちらはブリューダー。ＩＰアドレスから、ラングドンの居場所を割り出すことに成功しました。部下を突入させます。確保したらまた連絡します」

ブリューダーのはるか頭上、〈ペンシオーネ・ラ・フィオレンティーナ〉の屋上テラスでは、向かいの建物へ駆けこんでいく隊員たちを、ヴァエンサが恐怖と不信のうちに見おろしていた。

どうしてあの連中がここに？

スパイクヘアに指を走らせながら、昨夜の任務失敗の恐るべき意味を急に実感した。鳩の鳴き声ひとつで、何もかもが手に負えなくなってしまった。単純な作戦だったはずなのに……いまやまさしく悪夢へと様変わりした。

ＳＲＳチームが現れたなら、自分は用ずみだ。

ヴァエンサはすがる思いで通信端末のセクトラ・タイガーＸＳをつかみ、総監に連絡した。

「総監」ことばに詰まる。「ＳＲＳチームが来ています。ブリューダーの部下たちが、通り向かいの建物へはいっていきます！」

応答を待ったが、返ってきたのは硬質の鋭い音と、機械音声の冷静な声だった。

「排除規定が適用されました」

ヴァエンサが手をおろして画面を見たちょうどそのとき、端末が機能を停止した。顔から血の気が引くのを感じながら、ヴァエンサは現状を受け止めようと懸命につとめた。大機構はたったいま、自分とのあらゆるつながりを断ち切ったのだ。

すべてのかかわりを。すべての結びつきを。

自分は排除された。

衝撃を覚えたのはほんの一瞬だった。

そして、恐怖が襲ってきた。

16

「急いで、ロバート!」シエナが急《せ》かした。「ついてきて!」

ダンテの地獄の不気味な絵図がまだ脳裏にひろがっていたが、ラングドンはドアを抜けて廊下へ走り出た。この瞬間まで、シエナ・ブルックスはどこか超然とした態度でけさの出来事の重圧を乗り越えてきたようだったが、いまやその冷静さを緊張が押しのけ、これまで見られなかったものが——真の恐怖が——表れていた。

廊下でシエナが先を走り、すでに降下をはじめていたエレベーターの前を勢いよく通り過ぎた。呼んだのはロビーに着いた男たちにちがいない。シエナはそのまま廊下の端まで全力で駆け抜け、振り返ることなく階段をおりていった。

ラングドンは借り物のローファーのなめらかな靴底で足を滑らせながら、すぐあとを追った。走るのに合わせて、ブリオーニのスーツの胸ポケットで小型投影機が跳ねるのが感じられる。地獄の第八の圏《たに》にちりばめられた一連の奇妙な文字が記憶によみがえった。ＣＡＴＲＯＶＡＣＥＲ。疫病医の仮面とあの奇怪な一文が頭に浮かぶ――〝真実は死者の目を通してのみ見える〟。

この脈絡のない要素を結びつけようと知恵を絞ったが、いまはまだ何も説明がつかない。踊り場で足を止めると、シエナが聞き耳を立てていた。階段を駆けあがる重い足音が下から響いてくる。

「別の出口はないのか」ラングドンはささやいた。

「ついてきて」シエナは短く返した。

きょう一度命を救われているし、そのことばを信じるしかないと心に決めたラングドンは、大きく息を吸い、あとに従って階段を駆けおりた。

一階ぶんくだったころには、近づいてくる靴音がすぐそこまで迫り、ほんのひとつかふたつ下の階から響いてきた。

シエナはなぜ追っ手のほうへ向かうんだ？

抗議する間もなく、ラングドンはシエナに手をつかまれ、階段から無人の廊下へと引き出された――長い廊下に、施錠されたドアが並んでいる。

隠れるところがないじゃないか！

シエナがスイッチを切るといくつかの電球が暗くなったものの、薄明るい廊下は身を隠すのにはほとんど役に立たない。ふたりはいつ見つかってもおかしくなかった。とどろく足音は、もう間近まで迫っている。つぎの瞬間にも襲撃者たちが階段から現れ、この廊下を見通すだろう。

「上着を貸して」シエナがささやき、ラングドンの上着を引っ張って脱がせた。そして自分の背後の、戸口が奥へ引っこんでいるところに、ラングドンを強引にしゃがませた。「動かないで」

どうする気だ? 自分はまる見えじゃないか!

階段に兵士たちが現れた。猛然と上をめざしていたが、廊下の暗がりにシエナの姿を認めたとたん、立ち止まった。

「いったいなんなんだよ!《ベル・ラモーレ・ディ・ディーオ》」シエナがとげとげしい口調で叫んだ。「何を《コゼ・》そんなに騒いでるんだ?《クエスタ・コンフズィオーネ》」

ふたりの男はこちらの姿がはっきりと見えないらしく、目を険しくした。

シエナは怒鳴りつづけた。「こんな時間からうるさいったらないよ!《タント・キアッツ・ア・クエストーラ》」

ラングドンは、シエナが自分の黒い上着を頭からかぶって、ショール姿の老女になりすましたのだと気づいた。背を曲げて、暗がりにしゃがむラングドンを男たちの視界から隠すように立っている。すっかりなりきった様子で、男たちのほうへよろめきながら一歩踏み出し、耄碌《もうろく》した老女よろしく怒鳴り散らしている。

一方の男が、自分の部屋へもどれと片手をあげて合図した。「シニョーラ！いますぐ部屋にもどるんだ《リエントリ・スービト・イン・カーサ》！」

シエナはおぼつかない足どりでなおも一歩進み出て、荒々しくこぶしを振った。「あんたらのせいで、病気の亭主が起きちまったじゃないか《アヴェーテ・スヴェリアート・ミオ・マリート・ケ・エ・マラート》！」

ラングドンは呆気《あっけ》にとられて聞き入っていた。

もうひとりの男がライフルを構え、狙いを定めた。「止まらないと撃つぞ《フェルマ・オ・スパーロ》！」

シエナは足を止めると、辛辣《しんらつ》な悪態をつきながらよろよろとあとずさり、男たちから離れた。

男たちは急いで階上へと姿を消した。

シェイクスピア風の演技とは言えないが、たいしたものだとラングドンは思った。演劇の経験は万能の武器になりうるらしい。

シエナは上着を頭からのけ、ラングドンに投げてよこした。「さあ、こっちよ」

こんどは躊躇《ちゅうちょ》することなく、ラングドンはあとを追った。

階段をくだってロビーの手前に出ると、別の兵士がふたり、上へ向かうエレベーターに乗りこもうとしていた。外の路上でも、筋肉で黒い制服がはち切れそうな兵士がバンの横で見張っている。シエナとラングドンは無言のまま地階をめざして階段をおりた。

地下駐車場は暗く、尿のにおいが漂っていた。シエナはスクーターやオートバイがところせましと並ぶ一角へ小走りで向かった。シルバーの三輪バイクの前で足を止める――イタリア製スクーターのベスパと大人用の三輪車を足して二で割ったような、不恰好《ぶかっこう》な代物だ。シエナはフロントフェンダーの下に細い手を滑りこませ、磁石のついた小さな箱を取りはずした。中にあった鍵《かぎ》を鍵穴に差しこみ、エンジンをかける。

数秒後、ラングドンはシエナの後ろで三輪バイクにまたがっていた。せまいシートにすわるのは危なっかしく、取っ手か何か、支えになるものはないかと両脇を探った。

「遠慮してる場合じゃないのよ」シエナはそう言ってラングドンの両手をとり、ほっそりした自分の腰にまわした。「しっかりつかまって」

シエナの三輪バイクが出口のスロープを疾走しはじめ、ラングドンは言われたとおりにした。三輪バイクの馬力は想像以上で、駐車場から早朝の日差しのもとへ飛び出したとき、車体は半ば浮きあがっていた。そこから正面入口までは五十ヤード離れている。建物の前に立っていた屈強な兵士が即座に振り向き、遠ざかるふたりの姿を認めたが、シエナがスロットルを全開にするや、三輪バイクは甲高い音をあげて加速した。

後ろのラングドンが振り返って見ると、いまの兵士が武器を構えて慎重に狙いを定めていた。ラングドンは身をこわばらせた。一発の銃声が響き、ラングドンの腰のあたりをかすめた弾が、三輪バイクのリアフェンダーにあたって跳ね返った。

うわっ！

三輪バイクは交差点で左に大きく曲がり、ラングドンは横滑りする体のバランスをどうにか保とうとした。

「わたしに体を預けて！」シエナが叫ぶ。

ラングドンは前方に体を傾けてすわりなおし、シエナは少し広い通りへと三輪バイクを駆った。まるまる一ブロック走ってから、ようやくラングドンは息をついた。

あの連中はいったい何者だ？

シエナは前方に神経を集中させ、早朝のまばらな車のあいだを縫うようにして三輪バイクを走らせた。何人かの歩行者が、すれちがいざまにわが目を疑うかのように視線を向けてくる。ブリオーニのスーツを着た六フィートの男が華奢《きやしや》な女の後ろに乗っているのが意外らしい。

そのまま三ブロック進んで、大きな交差点が見えてきたとき、行く手でクラクションが鳴り響いた。黒光りするバンが外側のタイヤを浮かせて角を曲がり、車体を振りながら交差点に進入したあと、加速しながらふたりのほうへまっすぐ向かってきた。アパートメントの建物の前に停まっていたバンと瓜《うり》ふたつだ。

シエナはすぐさま三輪バイクを強引に右へ寄せ、勢いよくブレーキを踏んだ。ラングドンの胸がシエナの背中に強く押しつけられる。シエナはバンの視界から逃れるように、三輪バイクを配達用トラックの後ろに停めた。トラックのリアバンパーの近くでエンジンを切る。

見つかっただろうか?

ふたりは身を低くして待った……息を殺したまま。

バンはうなりをあげながら、速度を落とすことなく通り過ぎた。どうやら気づかなかったらしい。だが、バンが猛スピードで通過する瞬間、そのなかの人影が一瞬だけラングドンの目にはいった。

後部座席で、かなり年嵩《としかさ》の美しい女性が、捕虜のようにふたりの兵士にはさまれて腰かけていた。目に生気がなく、頭が揺れる様子は、意識が朦朧《もうろう》としているか、薬物を与えられているように見えた。魔よけのネックレスをつけ、銀白色の長い巻き毛を垂らしている。

その刹那《せつな》、喉《のど》が詰まり、ラングドンは亡霊を見たのかと思った。

それは幻覚に出てきた女だった。

17

総監は管制室から勢いよく出て、考えをまとめようと〈メンダキウム〉の長い右舷《うげん》甲板を早足で歩いた。少し前にフィレンツェのアパートメントの建物で起こった出来事は、想像の域を超えるものだった。

船全体を二周してから執務室へもどり、五十年物のハイランド・パークのシングルモルトのボトルを取り出した。グラスには注がずにボトルを置き、それに背を向ける――まだじゅうぶんに冷静であることをみずから確認するためのささやかな儀式だ。

目が自然に本棚へ向けられ、古びた一冊の分厚い本を見る――依頼人からの贈り物だ……。いまとなっては、その男に出会ったことが悔やまれる。

一年前……だれがこんな事態を予想できた？

ふだんは依頼を望む相手とじかに面会することはなかったが、信頼できる筋から紹介された人物だったので、例外扱いにした。

海が凪《な》いでいた日、依頼人は自家用ヘリコプターから〈メンダキウム〉におり立った。当人が身を置く分野ではきわめて名高い四十六歳の人物で、身だしなみがよく、並はずれた身長と射貫《いぬ》くような緑の瞳《ひとみ》の持ち主だった。

「ご存じだろうが」その男は話しはじめた。「共通の友人からそちらのサービスを勧められた」長い脚を伸ばし、総監の贅《ぜい》を凝らした執務室でも臆《おく》することがない。「では、わたしが何を求めているか説明しよう」

「いえ、それには及びません」総監は話をさえぎり、主導権が自身にあることを暗に伝えた。「依頼人からは何も聞かないことにしています。提供するサービスを説明しますから、意にかなうものがあるかどうかをそちらで判断していただきたい」

訪問者は面食らった様子だったが、承諾して熱心に耳を傾けた。つまるところ、その痩身《そうしん》の客人が望んでいたのは、大機構にとっては手慣れた仕事だった——要するに、しばらくのあいだ〝消失〟して、人目を避けて何かに没頭したいという。

児戯にも等しい。

偽の身分と、まったく隔離された安全な場所さえ提供してやれば、その男はだれにも知られることなく仕事に専念できる——それがどんな仕事であろうと。大機構は、依頼人についての情報をなるべく得ないという方針をとっていて、けっして依頼の目的を問うことはない。

　その後まる一年にわたって、総監は莫大《ばくだい》な報酬と引き換えに、緑の目の男に隠れ家を提供しつづけた。理想の依頼人だった。接触はいっさいなく、支払いもすべて滞りなくおこなわれた。

　ところが、二週間前、すべてが一変した。

　依頼人は唐突に連絡をよこし、直接会って話をしたいと伝えてきた。それまでに受けとった金額を考慮し、総監はやむなく承諾した。

　船に着いた男の身なりは乱れていて、前年に契約を交わした、あの冷静で小ぎれいな人物と同じとはとうてい思えなかった。かつて鋭かった緑の目には粗暴な光が宿っていた。その姿はまさに……病んでいるように見えた。

　いったい何があった？　これまで何をしていた？

　総監は神経を高ぶらせた男を執務室に導いた。

「あの銀髪の悪魔が」依頼人はつかえながら言った。「日ごとに迫ってくる」

　総監は依頼人のファイルに目を落とし、銀髪の美しい女の写真を見つめた。総監は言った。「ああ、銀髪の悪魔ですか。あなたの敵のことならよく知っています。どれほどの有力者だろうと、われわれは一年のあいだあなたを守ってきましたし、これからも守りつづけます」

緑の目の男は、脂ぎった髪を落ち着きなく指先にからめていた。「あの美貌《びぼう》に惑わされてはならない。危険な敵だ」

そのとおりだ、と総監は思い、依頼人がこれほど影響力のある人物の注意を引いたことにあらためて不満を募らせた。この銀髪の女は巨大な権限と人脈を有している――好んで欺きたい敵ではない。

「あの女や手下の悪魔どもがわたしを見つけたら……」依頼人は言った。

「それはありえません」総監は断言した。「われわれはこれまであなたを匿《かくま》い、お望みのものをすべて提供してきたのでは?」

「そうだな」男は言った。「それでも、安心材料として……」ことばを切って、考えをまとめる。「わたしの身に何かあったら、最後の望みをかなえてもらいたい」

「望みとは?」

男は鞄《かばん》に手を入れ、封がされた小さな封筒を取り出した。「この封筒の中身で、フィレンツェの貸金庫をあけられる。金庫には小さな品がはいっている。わたしの身に何かあったら、代わりにそれを届けてもらいたい。ちょっとした贈り物だ」

「承知しました」総監は書き留めようとペンをとった。「届け先は？」

「銀髪の悪魔だ」

総監は顔をあげた。「敵に贈り物を？」

「向こうにとっては厄介な棘《とげ》になるだろう」男の目が異様な輝きを帯びた。「骨で作られた、気のきいた小さな棘だよ。あの女はそれが地図だと気づくだろう……自分にとってのウェルギリウスなのだとな……そしておのれの地獄の中心へと導かれる」

総監は男を長々と見つめた。「いいでしょう。かならず実行します」

「タイミングがきわめて重要になる」男は語気を強めた。「あまり早く動かれては困る。それを届けるのは……」ことばを切り、急に考えに沈んだ。

「いつですか」総監は先を促した。

男は唐突に立ちあがって総監の机の奥へ歩いていき、赤いマーカーペンをつかんで、卓上カレンダーのひとつの日付を熱に浮かされたような手つきで囲った。「この日だ」

総監は歯を食いしばって息を吐き、男の無遠慮な態度への苛立《いらだ》ちを抑えつけた。「わかりました」と答える。「しるしをつけた日までは何もせず、その日が来たら、貸金庫に何がはいっているのであれ、それをあの銀髪の女性に届けましょう。約束します」カレンダーを見て、不恰好《ぶかっこう》な丸がついた日までの日数を数える。「お望みのことは、いまからちょうど十四日後に履行します」

「一日たりとも前倒しはするな!」依頼人は興奮気味に警告した。

「わかっていますとも」総監は言った。「一日たりとも」

総監は封筒を手にとって男のファイルに差し入れ、その望みを確実に実行すべく、必要事項を書き留めた。貸金庫の中身について正確な説明は受けていないが、むしろそのほうがよかった。無関心は大機構の理念の要《かなめ》だ。ただサービスを提供しろ。質問をするな。批判もするな。

依頼人は肩の力を抜き、大きく息をついた。「感謝する」

「ほかには?」変わり果てたこの依頼人から早く解放されたいと切に願いながら、総監は尋ねた。

「ああ、実はほかにもある」男はポケットに手を入れ、小さな深紅のメモリースティックを取り出した。「動画ファイルがはいっている」それを総監の前に置く。「これを世界のメディアに向けてアップロードしてもらいたい」

総監は興味を持って男を観察した。大機構が依頼人のために情報を広く配信することは珍しくないが、この男の頼みにはどこか穏やかでないものがあった。「同じ日に?」カレンダーにぞんざいにつけられたしるしを示しながら問う。

「まったく同じ日だ」依頼人は答えた。「けっして早めてはならない」

「承知しました」総監はその赤いメモリースティックに、しかるべきメモを記したカードを添えた。「以上でよろしいですか」面会を終わらせるつもりで立ちあがった。

依頼人はすわったままだ。「いや、最後にもうひとつある」

総監はふたたび腰をおろした。

いまや依頼人の緑の目は野獣じみていた。「この動画が公開されたら、わたしは一躍有名人になる」

総監は依頼人のすぐれた業績を頭に浮かべ、とっくに有名人ではないか、と思った。

「きみもその栄誉の一部を受けるに値する」男は言った。「きみたちの働きのおかげで、わたしは至高の作品を完成することができた……世界を変える作品を。自分の果たした役割を誇りに思っていい」

「どんな作品かは知りませんが」総監は苛立ちを募らせて言った。「作りあげるために必要なプライバシーを提供できて光栄です」

「感謝のしるしに贈り物を持ってきた」身なりの乱れた男は鞄のなかに手を入れた。

「本だ」

それが長らく取り組んできた秘密の作品なのだろうか、と総監は考えた。「あなたがお書きに？」

「いや」男は分厚い本をテーブルに置いた。「むしろ逆だよ……この本はわたしのために書かれた」

当惑しながら、総監は依頼人が取り出した書物に目を向けた。自分のために書かれた？　この名高い古典は……十四世紀に執筆されたものだ。

「読んでくれ」依頼人は薄気味悪い笑みを浮かべて言った。「わたしの成しとげたことを理解する一助になるだろう」

そのことばとともに、訪問者は立ちあがって別れを告げ、唐突に去っていった。総監は執務室の窓から、男のヘリコプターが甲板から飛び立って、イタリアの沿岸へと引き返すのを見届けた。

目の前にある大型本へ注意をもどす。ためらいがちに革表紙を開き、本文の冒頭までページをめくった。最初の一節が、ページ全体を使って大きな飾り文字で書かれている。

人生の旅路の半ばで
わたしは正道を見失い
気がつけば暗い森のなかにいた。

隣のページには、依頼人の署名と手書きのメッセージがあった。

わが友へ。きみの助力のおかげで道が見つかった。ありがとう。
世界もきみに感謝している。

意味するところはまったくわからなかったが、読み進める気になれなかった。本を閉じ、本棚に置く。ありがたいことに、この謎めいた人物との仕事上の関係もじきに終わる。カレンダーに乱暴に書きつけられた赤い丸に視線を転じた。あと十四日だ。
それから数日のあいだ、総監はこの依頼人に対して極端なほど神経をとがらせていた。相手が心の歯止めを失ってしまったように思えた。それでも、直感に反して、そのまま何事もなく時は過ぎていった。
ところが、しるしのついた日の直前になって、フィレンツェで立てつづけに災難が起こった。総監は対処しようとしたが、またたく間に手に負えぬ事態に陥った。危機が頂点に達したのは、依頼人が息を切らしながらバディア・フィオレンティーナ教会の塔を駆けあがったときだった。

そして、そこから飛びおり……死んだ。

よりによってそのような形で依頼人を失ったことに戦慄《せんりつ》はしたが、総監はそれでもことばをたがえぬ男だった。故人との最後の約束を果たすべく、ただちに準備をはじめた——銀髪の女にフィレンツェの貸金庫の中身を届けるために。依頼人の警告によると、タイミングがきわめて重要ということだった。

カレンダーにしるしをつけた日より前に届けてはならない。

総監は貸金庫の暗証番号がはいった封筒をヴァエンサに渡し、ヴァエンサはその中身——〝気のきいた小さな棘《とげ》〟——を回収するためにフィレンツェへ向かった。しかし、ヴァエンサが伝えてきたのは、驚愕《きょうがく》をもたらすとともに著しく警戒を要する事実だった。貸金庫の中身はすでに持ち去られていたうえ、ヴァエンサも拘束されかけてかろうじて逃れたという。銀髪の女はなんらかの手立てで貸金庫の情報をつかみ、影響力を行使してそれをあけさせ、以後に金庫に近づいた人物の逮捕状までとっていた。

それが三日前のことだった。

横どりされた品を用いて、依頼人が銀髪の女を最後の最後に愚弄《ぐろう》しようとしていたのはまちがいない――墓から放たれる嘲罵《ちょうば》の声として。

だが、放たれるのが早すぎた。

それ以来、大機構は必死の争奪戦を繰りひろげ――依頼人の最後の望みを、さらには組織を守るために、あらゆる手を尽くしている。その過程で、ともすれば引き返せなくなるのを承知のうえで、何度も一線を越えた。フィレンツェで事態が急展開しつつあるいま、総監は自分の机を見おろし、この先に何が待ち受けているのかと考えた。

依頼人がカレンダーに乱暴に書きつけたしるしが見つめ返す――赤いインクの異様な輪が、特別な意味があるらしい日を囲んでいる。

あすだ。

総監は前のテーブルに置かれたスコッチのボトルへためらいがちに目をやった。そして、この十四年ではじめて、そのまま中身をグラスに注ぎ、ひと息に飲みほした。

船内では、上級調整員のローレンス・ノールトンが、コンピューターから小さな赤いメモリースティックを抜いて目の前のデスクに置いたところだった。これほど奇妙な動画を目にしたことは稀《まれ》だった。

長さはちょうど九分……一秒のずれもない。

柄にもなく不安になって立ちあがり、小さな個室を行きつもどりつしながら、この奇怪な動画を総監に見せるべきかどうかとまた思案した。

ただ自分の仕事を果たせ。ノールトンは心に言い聞かせた。質問をするな。批判もするな。

動画のことを頭から振り払い、決めた予定をひとつ手帳に書きこんだ。あす、依頼人の要望どおり、動画ファイルをメディア向けにアップロードする。

18

ニッコロ・マキアヴェッリ大通りは、フィレンツェで最も優美な通りと呼ばれている。生け垣や落葉樹の並ぶ緑豊かな風景のなか、大きくS字を描くカーブがつづき、サイクリング好きやフェラーリ好きに人気がある。

シエナは三輪バイクを巧みに操ってつぎつぎとカーブを曲がり、質素な住宅地を離れて、さわやかなヒマラヤ杉のにおいが漂うアルノ川西岸の高級住宅地へはいった。礼拝堂の横を通り過ぎるとき、ちょうど朝八時の鐘が鳴った。

ラングドンはシエナの背中にしっかりつかまっていた。頭のなかにダンテの不気味な地獄のイメージが渦巻いている。そして、たったいま目にした銀髪の美しい女の謎めいた顔も。バンの後部座席で、その女はふたりの大柄な兵士にはさまれていた。

何者であれ、すでに敵の手に落ちている。

「バンに乗ってた女性だけど」シエナが三輪バイクのエンジン音に負けじと声を張りあげた。「幻覚に出てくる人とたしかに同じなのね？」

「まちがいない」

「だとしたら、この二日のどこかで会ったはずよ。問題は、なぜその人があなたの幻覚に繰り返し現れるのか……そしてなぜ〝探して、見つけなさい〟と言いつづけるのか」

ラングドンも同感だった。「わからない……会った記憶がないんだが、顔が現れるたび、助けなくてはという強い思いに駆られるんだ」

ヴェリー・ソーリー。ほんとうにすまない。

ふと、その不可解な謝罪のことばは銀髪の女に向けられたものではないかと思えてきた。何か失望させることをしたのだろうか。そう思うと、胃が締めつけられる感覚に襲われた。

武器庫から大切な銃か何かが失われたような気分だった。何も思い出せない。子供のころからすぐれた映像記憶を備えていたラングドンにとって、記憶は何よりも頼りになる知的な武器だった。目にしたものを細部まで思い出せるのが当然の人間にしてみれば、記憶を失った状態で何かをするのは、暗闇のなか、レーダーなしで飛行機を着陸させるにも等しい。

「答を見つけるには〈地獄の見取り図〉を解読する以外になさそうね」シエナが言った。「そこにどんな秘密が隠されてるにしても……それのせいであなたは追われてるんだと思う」

ラングドンはうなずき、ダンテの地獄で悶《もだ》え苦しむ亡者たちを背景に記された〝CATROVACER〟という語について考えた。

つぎの瞬間、はっとひらめいた。

目覚めた場所はフィレンツェだった……

フィレンツェほどダンテにゆかりの深い街はどこにもない。ダンテ・アリギエーリはフィレンツェで生まれ、フィレンツェで育ち、言い伝えによるとフィレンツェでベアトリーチェに恋をし、残酷にもそのフィレンツェから追放され、強い望郷の念をいだきながら、長年イタリアの田舎を放浪することになった。

ダンテは故郷を追われたことについてこう書いている――おまえはいとも愛惜するものをことごとく捨て去ることになるだろうが、これこそ追放という弓の放つ第一の矢だ、と。

天国篇第十七歌のそのことばを思い出しながら、ラングドンは右へ目を向け、アルノ川の彼方《かなた》の空に浮かぶ旧市街の尖塔《せんとう》を見やった。

旧市街のありさまを頭に描く――名高い大聖堂や美術館や礼拝堂や買い物街をめぐる迷路のような細い道が、行き交う観光客や車でごった返しているはずだ。あそこへ行って三輪バイクを乗り捨てれば、人混みにまぎれこめるかもしれない。

「旧市街へ向かおう」ラングドンは言った。「答があるとしたらおそらくそこだ。フィレンツェの街は、ダンテにとって世界そのものだった」

シエナは同意のしるしにうなずき、首を後ろにひねって言った。「そのほうが安全でもあるのよ――身を隠す場所がたくさんあるから。まずロマーナ門へ行って、そこから川を渡りましょう」

川か。ラングドンは不吉な予感をかすかに覚えた。ダンテのよく知られた地獄への旅もまた、川を渡るところからはじまっている。

シエナがスロットルを開き、景色が流れるように去っていく。ラングドンは地獄のイメージを頭によみがえらせた。死者と死にゆく者、第八の圏にある十の濠《ほり》、そこに描かれた疫病医の仮面と不可解なことば――CATROVACER。右下に走り書きされた不気味な文――〝真実は死者の目を通してのみ見える〟――は、はたしてダンテからの引用だろうか。

覚えがない。

ラングドンはダンテの作品に精通し、図像学を専門とする美術史家としての名声も得ていたため、その作品世界に見られるおびただしい数の象徴について解説を求められることがときどきあった。偶然にも、いや、もしかしたら偶然ではないのかもしれないが、二年ほど前にも『神曲』の〈地獄篇〉について講演をおこなっていた。

〝神聖なるダンテ――地獄の象徴〟。

ダンテ・アリギエーリは歴史が生んだまぎれもない崇拝対象のひとりとなっていて、いまや世界各国にダンテ協会ができている。アメリカ初の支部は一八八一年、マサチューセッツ州ケンブリッジでヘンリー・ワズワース・ロングフェローによって設立された。ニューイングランドの高名な〝炉辺の詩人〟であるロングフェローは、アメリカではじめて『神曲』を翻訳した人物で、その訳業はきわめて高く評価され、今日でも広く読まれている。

あるとき、ラングドンはダンテ作品のすぐれた研究者として、世界最古のダンテ協会のひとつ——ウィーン・ダンテ・アリギエーリ協会——が主催する大きな会議での講演を依頼された。会場はウィーンのオーストリア科学アカデミーで、主要スポンサー——裕福な科学者やダンテ協会の会員——が二千人収容の講堂を会場として押さえていた。

到着したラングドンを会議の責任者が出迎え、中へ案内した。ロビーを横切るとき、後壁一面に描かれた巨大な五つの単語がいやでも目にはいった——〝WHAT IF GOD WAS WRONG（もし神がまちがっていたら？）〟。

「ルーカス・トゥロベルクです」責任者がささやいた。「当館のいちばん新しい設置芸術《インスタレーション》ですよ。ご感想は？」

ラングドンは豪壮な文字列を見ながら、どう答えるべきか迷った。「そうですね……力強い筆遣いですが、仮定法の使い方が弱々しい気がします」

責任者は困惑顔でラングドンを見た。聴衆にはもっとうまく言いたいことが伝えられたらよいが、とラングドンは思った。

いよいよ演壇にあがると、立見席しか残っていない会場の聴衆から拍手喝采《かっさい》を浴びた。

「ご列席のみなさん《マイネ・ダーメン・ウント・ヘレン》」ラングドンの声がスピーカーから響いた。「ヴィルコメン、ビアンヴニュ、ウェルカム」ミュージカル〈キャバレー〉の有名な台詞《せりふ》に会場がどっと沸いた。

「今夜はダンテ協会の会員だけではなく、ダンテに親しむのがはじめてであろう科学者や研究者のかたもたくさんお越しになっていると聞きました。そこで、研究に忙しくて中世のイタリア語の叙事詩を読む暇がないみなさんのために、まずダンテという人物についてざっと説明しましょう――その生涯、作品、そして、なぜ古今を通じて最も重要な人物のひとりと目されているのか」

　さらに拍手が沸き起こった。

　ラングドンは小型のリモコンを使い、ダンテにまつわる一連の絵をスクリーンに映しはじめた。一枚目はアンドレア・デル・カスターニョによる等身大の肖像画で、哲学書を持ったダンテが戸口に立っている。

「ダンテ・アリギエーリ」ラングドンは切り出した。「このフィレンツェの作家にして哲学者は、一二六五年に生まれて一三二一年に没しました。ほかのほとんどの肖像画と同じく、この絵でもダンテは赤い帽子《カプッチョ》――頭にぴったり合った、耳あてつきの襞《ひだ》のある帽子――をかぶっています。これは深紅のルッカの長衣とともに、ダンテの象徴として最も多く描かれたものです」

つぎに、ボッティチェルリ作の肖像画を映した。ダンテの特徴であるがっしりした顎《あご》と、とがった鼻が強調されている。「ご覧ください。ダンテの個性的な顔をここでも赤い帽子がふちどっていますが、ボッティチェルリは帽子に専門知識の象徴――この場合は詩作の技巧の象徴である月桂冠《げっけいかん》を添えました。これは古代ギリシャにならった古くからの象徴で、現在でも、桂冠詩人やノーベル賞受賞者の栄誉を祝して式典で使われています」

ラングドンは手早く画面をスクロールし、さらに何枚かの画像を映した。どの絵でもダンテは赤い帽子と赤い衣をつけて月桂冠をかぶり、顔には大きな鷲鼻《わしばな》がある。

「ダンテ像の締めくくりとして、サンタ・クローチェ広場にある彫像をお見せしましょう……そしてもちろん、ジョットが描いたとされる、あのバルジェッロ宮殿礼拝堂のフレスコ画も」

ジョットのフレスコ画をスクリーンに映したまま、ラングドンは演壇の中央まで歩いた。

「ご存じのとおり、ダンテの名を何より世に知らしめているのは、文学史上不朽の名作――『神曲』です。著者自身が地獄へおりていき、煉獄《れんごく》を抜け、やがて天国へのぼって神に出会うまでの過程が生々しく綴《つづ》られた詩篇ですね。現代の基準に照らせば、『神曲《デイバイン・コメデイ》』には喜劇的な要素はいっさいありません。これが喜劇《コメディ》と呼ばれているのは、まったく別の理由からです。十四世紀、イタリア文学は、ある基準によってふたつの種類に分けられていました。ひとつは、公式なイタリア語で書かれた高尚文学である〝悲劇《トラジエディア》〟。そしてもうひとつは、方言で書かれた一般大衆向けの通俗文学である〝喜劇《コメディア》〟です」

スライドを何枚か進め、ミケリーノのフレスコ画で止めた。その絵では、ダンテが『神曲』を手に持ち、フィレンツェの城壁の外に立っている。後ろには、地獄の門より高くそびえ立つ階段状の煉獄の山がある。このフレスコ画は現在、フィレンツェのサンタ・マリア・デル・フィオーレ大聖堂――通称〝ドゥオーモ〟――で見ることができる。

「題名からお察しのとおり」ラングドンはつづけた。「『神曲』は方言――大衆のことばで書かれています。とはいえ、これは宗教、歴史、政治、哲学、社会批判などを巧みに溶けこませて紡ぎあげた物語で、学問的でありながら一般の人たちがだれでも読める作品です。『神曲』はイタリア文化の大きな支柱で、このダンテの文体こそ、現代イタリア語の原典だと言われています」

効果を狙っていったん間を置き、声を落として言った。「ダンテ・アリギエーリの作品の影響力はことばに尽くせません。歴史を通じ、聖書というおそらく唯一の例外を除けば、美術、音楽、文学など、あらゆる分野において、『神曲』ほど敬意を示され、模倣され、焼きなおされ、注釈がつけられた作品はほかにひとつもないでしょう」

『神曲』をテーマに創作をおこなった、著名な作曲家や画家や作家の名前を列挙してから、ラングドンは聴衆の顔を見まわした。「ところで、このなかに著作のあるかたはいらっしゃいますか」

三分の一近くが挙手した。ラングドンは思わず目を瞠《みは》った。これほど教養人がおおぜい集まった会議は、世界じゅうどこを探してもないだろう。それとも、電子出版とやらがいよいよ本格的にはじまっているのか。

「著作者のかたならよくおわかりでしょうが、推薦文ほどありがたいものはありません。目にした人があなたの作品を買いたくなるような、有力者の手になる一行の文。中世のヨーロッパにも、そういった推薦文はありました。そして、ダンテの作品に寄せられた推薦文はかなりの数にのぼりました」

ラングドンはスライドを切り替えた。「これがあなたの本のカバーについていたら、どうでしょうか」

彼ほど偉大な人物は、これまで地上に存在しなかった。

――ミケランジェロ

会場が驚きでざわめいた。

「そう」ラングドンは言った。「システィナ礼拝堂と〈ダヴィデ像〉で知られる、あのミケランジェロです。ミケランジェロは偉大な画家、彫刻家であると同時に、一流の詩人でもあり、三百近くの詩を発表しました――そのなかには、身も凍る地獄の光景を記した詩人に捧《ささ》げた〈ダンテ〉という詩があります。ミケランジェロは〈地獄篇〉に触発されて〈最後の審判〉を描いたのです。もし信じられなければ、〈地獄篇〉の第三歌を読んでからシスティナ礼拝堂へ行ってみてください。祭壇のすぐ上に、みなさんよくご存じのこの部分が見えるでしょう」

ラングドンはスライドを進め、一枚の恐ろしい画像を映した。いかつい体をした怪物が、身を縮める死者たちに向かって巨大な櫂《かい》を振りまわす部分を大写ししたものだ。

「これは地獄の渡し守カロンが、もたつく死者を櫂で打っている場面です」

それからつぎの画像――〈最後の審判〉の別の部分――に切り替えた。男が磔《はりつけ》にされている。「これはアガグ人《びと》ハマンで、聖書では絞首刑に処せられています。しかし、ダンテの詩では磔刑《たっけい》にされました。システィナ礼拝堂のこの絵を見ればわかるとおり、ミケランジェロは聖書ではなくダンテのほうを選びました」ラングドンは笑みを浮かべ、小声で言った。「ローマ教皇には内緒ですよ」

笑いが起こった。

「ダンテは〈地獄篇〉で、それまでの人間の想像を超えた嘆きと苦しみの世界を作りあげました。そしてそれがそのまま、現代の人々が思い描く地獄のイメージになっているのです」そこで間を置いた。「そう、カトリック教会はダンテに大いに感謝しなくてはいけません。〈地獄篇〉は何世紀にもわたって、敬虔《けいけん》な信者たちを震えあがらせてきました。恐怖に駆られて教会にかよう信者の数はまちがいなく三倍に増えたでしょう」

ラングドンは画像を切り替えた。「さて、今夜の話の目的はこれです」

スクリーンに講演のタイトルが映し出された。〝神聖なるダンテ――地獄の象徴〟。

「〈地獄篇〉は象徴や図像の宝庫で、わたしは大学でまるまる一学期をその解説に費やすことがよくあります。きょうここで、〈地獄篇〉に現れる象徴の意味を解き明かすにあたっては、ダンテとともに旅をするのがいちばんです……地獄の門をくぐって」

ラングドンは演壇の手前側まで行き、会場をぐるりとながめた。「地獄を散策するのなら、ぜひ地図を使いましょう。サンドロ・ボッティチェルリによるこの地図こそ、ダンテの描いた地獄を最も正確にまるごと再現しています」

リモコンにふれると、ボッティチェルリの不気味な〈地獄の見取り図〉が聴衆の前に現れた。漏斗形の巨大な地下空間で繰りひろげられるさまざまな恐怖の光景を見て、何人かがうなり声をあげた。

「一部の画家とはちがって、ボッティチェルリはダンテの書いたものをきわめて忠実に再現しています。実のところ、ボッティチェルリは膨大な時間を費やして『神曲』を読みこみました。偉大な美術史家ジョルジョ・ヴァザーリによると、ボッティチェルリはダンテに傾倒するあまり、〝生活を大いに乱した〟そうです。ボッティチェルリはほかにもダンテにまつわる作品を数多く描いていますが、いちばん有名なのはこの地図です」

ラングドンは向きを変え、地図の左上を示した。「わたしたちの旅はこの部分、つまり地上からはじまります。赤い衣を着たダンテが、案内人のウェルギリウスと地獄の門の外に立っているのが見えるでしょう。ここから地下へおりて九つの圏《たに》を抜け、最後に出会うのが……」

　手早く別の画像――同じ絵に描かれた悪魔を拡大したもの――に切り替えた。顔が三つある恐ろしい堕天使が、それぞれの口に人間をくわえて食らっている。

　聴衆が息を呑《の》む音が聞こえた。

「このあとのお楽しみについてざっと説明しましょう」ラングドンは言った。「今夜の旅は、この身の毛もよだつ悪魔のいる場所で終わります。ここは地獄の第九の圏《たに》、悪魔自身の住みかです。しかし……」いったんことばを切る。「まっすぐここへ行ってしまっては楽しみが半減しますから、少しもどることにしましょう……旅の出発点である地獄の門へ」

　ラングドンはつぎの画像をスクリーンに映した――ギュスターヴ・ドレの版画で、峻険《しゅんけん》な崖《がけ》に穿《うが》たれた暗いトンネル状の入口を描いたものだ。門の上に銘が刻まれている――〝ここにはいらんとする者はいっさいの望みを捨てよ〟。

「では……」ラングドンは微笑んだ。「はいりましょうか」

　どこかでタイヤがきしむ鋭い音が聞こえ、聴衆の姿が消えていった。マキアヴェッリ大通りの真ん中で三輪バイクが横滑りして止まり、体が前のめりになってシエナの背中にぶつかった。

ラングドンはふらつく頭で、眼前にぼんやりと浮かぶ地獄の門のことをまだ考えていた。やがて方向感覚がもどり、自分がどこにいるかわかった。

「いったいどうしたんだ」

シエナは三百ヤード先のロマーナ門を指さした――旧市街への入口となる石造りの古い門だ。「ロバート、大変よ」

19

ブリューダー隊長は粗末なアパートメントのなかで立ちつくし、いま自分が目にしているものを理解しようとした。いったいだれがこんなところに住んでいるのか。室内は殺風景で雑然とし、切りつめた予算で家具をそろえた学生寮のようだ。

「ブリューダー隊長」部下のひとりが廊下の奥から叫んだ。「これを見てください」

ブリューダーは廊下をそちらへ向かいながら、地元警察はもうラングドンを拘束しただろうかと考えた。今回の危機はできれば〝内輪〟で解決したかったが、ラングドンが逃亡したため、警察に協力を要請して検問をおこなうしかなかった。機敏に動ける単車で旧市街の迷路にはいられたら、自分たちのバンなど簡単に撒《ま》かれてしまうだろう。ポリカーボネートの分厚い窓と防パンク仕様の特殊タイヤを備えたバンは、銃弾には強くても小まわりがきかない。イタリア警察はよそ者に非協力的なことで知られているが、ブリューダーの組織の影響力は絶大だった——相手が警察であろうと、領事館であろうと、大使館であろうと。自分たちが何かを要請すれば、だれも文句は言わない。

ブリューダーがせまい部屋に足を踏み入れると、開いたノート型パソコンの前で部下がかがみこみ、ラテックスの手袋をはめてキーボードを操作していた。「ラングドンが使っていたパソコンです。Eメールをチェックし、いくつか検索をおこなったらしい。ファイルのキャッシュがまだ残っています」

ブリューダーは机に近づいた。

「本人のパソコンではないようです」その技術担当の部下がつづけた。「登録されているのはS・Cという頭文字の人物ですね——すぐにフルネームを割り出しますよ」

それを待つあいだ、机の上に積まれた紙の束にふと目が引かれた。手にとって、めくってみる——ロンドンのグローブ座の古いプログラム、新聞記事の切り抜きなど、意外なものばかりだ。読むにつれ、ブリューダーは大きく目を見開いた。

紙の束を持ち、廊下に滑り出て上司に電話をかけた。「こちらはブリューダー。ラングドンに協力している人物の身元がわかりました」

「名前は？」上司が訊《き》いた。

ブリューダーはゆっくり息を吐いた。「きっと耳をお疑いになると思います」


二マイル離れたところには、身を低くしてBMWのオートバイにまたがり、現場から遠ざかるヴァエンサの姿があった。警察車両がサイレンをがなり立てながら反対方向へ走り去っていく。

自分は排除された。

ふだんなら、四サイクルエンジンの軽い振動が神経を落ち着かせてくれる。だが、きょうはちがう。

ヴァエンサは大機構で十二年間働いてきた。現地支援担当から戦略調整員を経て、上級現地隊員の地位までのぼりつめた。仕事は自分のすべてだ。現地隊員の生活は秘密と旅と長期任務の連続で、組織外での充実した暮らしや人間関係は望むべくもない。

この一年間、ずっと今回の任務に携わってきたのに、とヴァエンサは思った。総監がこれほど無造作に自分を排除したことが、いまでもまだ信じられない。

ヴァエンサは十二か月にわたって、ある依頼人に対する支援業務を担当してきた。依頼人は緑色の目をした変わり者の天才で、しばらく〝消失〟して競争相手や敵対者の邪魔を受けずに仕事に集中したいというのが、唯一の要望だった。めったに外出せず、つねに人目を避け、ひたすら何かに取り組んでいた。それがどういう種類の仕事であるかは知らなかったが、ヴァエンサの任務はただ、居所を突き止めようとする権力者から依頼人を匿《かくま》いつづけることだった。

これまで、最高のプロフェッショナルとしてつとめを果たし、万事が順調だった。

そう……ゆうべまでは。

ゆうべ以来、精神状態も仕事の見通しも悪化の一途をたどっている。

自分はいまや部外者だ。

排除規定が適用されると、隊員はただちに遂行中の任務を放棄して〝舞台〟をおりなくてはならない。もし逮捕されても、大機構は隊員との関係をいっさい否認する。それに逆らうような身のほど知らずの隊員はいない。大機構には必要に応じて現実を作り替える恐ろしい力があることを、みな身をもって知っているからだ。

ヴァエンサは排除された隊員をふたりだけ知っていた。不思議なことに、その後ふたりを見かけたことは一度もない。これまでは、どちらも正式な審問ののちに解雇され、組織の人間に二度と接触しないよう命じられたのだろうと思っていた。

だが、いまはそれも信じられなくなっている。

考えすぎだ。そう自分に言い聞かせた。大機構の流儀はきわめて洗練されていて、冷血な殺人などを許すはずがない。

それでも、また全身に悪寒が走るのを感じた。

ブリューダーのチームが現れたのを見た瞬間、ホテルの屋上から逃げろと本能が告げたが、それで命拾いできたのかもしれない。

自分の居場所はだれにも知られていない。

優美な直線がつづくポッジョ・インペリアーレ大通りを北へ向かいながら、ヴァエンサはこの数時間で自分の置かれた状況がどれほど急変したかをあらためて思い知らされた。ゆうべは仕事を守れるかどうかが不安だった。しかしいまは、命を守れるかどうかが不安だ。

20

フィレンツェはかつて城壁に囲まれた街で、一三二六年に建設された石造りのロマーナ門が主要な出入口だった。城壁の大部分は百年以上前に取り壊されたが、ロマーナ門は現在も残っていて、歩行者も車両も、巨大な砦《とりで》にくりぬかれたアーチ形の門をくぐって旧市街に出入りしている。

門自体は五十フィートの高さで、古い煉瓦《れんが》と石材で造られ、いちばん大きな通路にはいまでも分厚い木の扉がついているが、人や車の往来のために終日あけ放たれたままだ。この門を中心にして六つの主要道路が交わり、芝のロータリーにはピストレット作の大きな彫像が鎮座している。ひどくかさばる荷物を頭に載せて、門から去ろうとする女の彫像だ。

今日では深刻な交通渋滞で知られているが、このいかめしい城門はその昔、フィエラ・デイ・コントラッティ――花嫁見本市――の会場に使われていた。父親が金銭と引き換えに娘を嫁がせる相手を探す催しで、よりよい条件を引き出すため、娘になまめかしい踊りをさせることもよくあったという。

この朝、門から数百ヤード離れたところで、シエナが急ブレーキをかけて三輪バイクを停め、不安げに城門のほうを指さしていた。後ろに乗ったラングドンも前方に目をやり、たちまちいやな予感を覚えた。車がみな完全に停止して、長い列を作っている。警察のバリケードでロータリーの交通がさえぎられ、警察車両が続々と到着していた。武装した警官が車から車へと歩きまわって質問をしている。

まさか自分たちを探しているわけじゃあるまい。そうだろう？

汗だくの男が乗った自転車が車列から離れ、マキアヴェッリ大通りをこちらへ向かってきた。反り返った姿勢で乗るリカンベント自転車で、男はむき出しの脚を前に突き出してペダルを漕《こ》いでいる。

シエナが大声で尋ねた。「何事なの？《コゼ・スチエッソ》」

「さあね！《エ・キ・ロ・サ》」男が心配そうな顔で叫び返した。「カラビニエーリ」早くその場を去りたいらしく、さっさと通り過ぎていった。

シエナはラングドンのほうを振り返り、暗い顔をした。「検問よ。軍警察《カラビニエーリ》だって」

はるか後方からサイレンの音が聞こえた。シエナはシートの上で体をずらして後ろを向き、マキアヴェッリ大通りを見やった。顔にはいまや恐怖の表情が浮かんでいる。

はさみ撃ちを食らったのか。ラングドンはそう思い、どこかに逃げ道――交差路、公園、私道など――がないかとあたりを見まわしたが、左手には個人の住宅、右手には高い石壁があるだけだった。

サイレンの音が近づく。

「あそこだ」ラングドンは三十ヤード先の人気《ひとけ》のない工事現場を指さした。小型のコンクリートミキサー車が、多少とも目隠しの役を果たしてくれるかもしれない。

シエナはエンジンを吹かして歩道に三輪バイクを乗りあげ、工事現場へ向かって走りだした。コンクリートミキサー車の後ろに停めたものの、三輪バイクだけを隠すのがやっとであることがすぐにわかった。

「こっちよ」シエナは言い、石壁のすぐ手前の茂みにある小さな工具小屋へと急いだ。

いや、工具小屋じゃないな、とラングドンは思った。近づくにつれ、鼻がひくつく。あれは仮設トイレだ。

建設作業員用の簡易トイレの前に着いたとき、背後からパトカーのサイレンらしい音が聞こえた。シエナが取っ手を引いたが、ドアはびくともしない。頑丈な鎖と南京錠で固定されている。ラングドンはシエナの腕をつかんで引っ張り、体ごとトイレとその後ろの石壁との隙間に押し入れた。ふたりでかろうじて隠れることができたが、悪臭が鼻を突いた。

ラングドンがシエナの後ろに滑りこむと同時に、側面に派手な文字で〝CARABINIERI〟と記された真っ黒なスバル・フォレスターが視界に飛びこんだ。車はふたりの横をゆっくり過ぎていった。

イタリア軍警察か。ラングドンは信じがたい思いだった。あの警官たちも、こちらを見つけしだい撃つように命じられているのだろうか。

「だれかが血眼でわたしたちを探してる」シエナがささやいた。「そしてどういうわけか見つけ出した」

「GPSだろうか」ラングドンは言った。「プロジェクターに追跡装置が仕込まれているのかもしれない」

シエナは首を横に振った。「それはないと思う。もしプロジェクターが追跡可能だったら、警察はとっくにわたしたちの正確な居場所を特定してるはずよ」

ラングドンは長身を揺すり、窮屈な場所で楽な姿勢を探った。ふと、すぐ前の仮設トイレの背面に、洗練された画調の落書きがあるのに気づいた。

さすがはイタリア人だな。

アメリカのほとんどの仮設トイレに描かれているのは、巨大な乳房やペニスを模したらしいへたくそな絵だ。しかし、これは美術学生のスケッチのようにも見える――人間の目、細かく描写された手、男の横顔、幻想的なドラゴン。

「イタリアの器物損壊が、みんなこんなふうというわけじゃないのよ」シエナがラングドンの考えを読んだかのように言った。「ポルタ・ロマーナ美術学校がこの石壁の向こうにあるの」

シエナのことばを裏づけるように、遠くのほうから学生の一団が現れ、脇に画帳をかかえてのんびりこちらへ歩いてくるのが目にはいった。雑談をしたり煙草に火をつけたりしながら、前方のロマーナ門あたりが封鎖されているのを見て首をひねっている。

ラングドンとシエナは学生たちに姿を見られないよう、身を低くしたが、そのときなんの前ぶれもなく、ラングドンの頭に奇妙なことがひらめいた。

頭から腰まで逆さに埋められ、脚を地上に突き出している罪人。

おそらく排泄《はいせつ》物のにおいのせいだろう。あるいは、むき出しの脚を前に伸ばして自転車を漕いでいた男のせいかもしれない。きっかけはなんであれ、ラングドンの脳裏には、酸鼻をきわめる悪の濠《ほり》と、地中から逆さに突き出た裸の脚が浮かんでいた。

ラングドンはすぐにシエナを見た。「シエナ、例のプロジェクターの〈地獄の見取り図〉で、逆さに突き出た脚があるのは第十の濠だったろう？　悪の濠の最下層だ」

シエナはなぜこんなときに訊《き》くのかと言いたげに、怪訝《けげん》そうにラングドンを見た。

「ええ、いちばん下だった」

ラングドンの意識はほんの一瞬、ウィーンでの講演にもどった。演壇に立ち、いよいよ今夜の山場を迎えようとしている。たったいま、ドレの描いたゲリュオン――翼と毒のあるとがった尾を持ち、悪の濠のすぐ上に棲《す》む怪物——の挿画を聴衆に見せたところだ。

「悪魔に会う前に」ラングドンの低い声がスピーカーから響いた。「十ある悪の濠を通らなくてはいけません。そこは死者が欺瞞《ぎまん》の罪で罰せられているところです——悪意を持って罪を犯した者たちが」

ラングドンはスライドを切り替えて悪の濠の詳細を映し、それから濠をひとつずつくだりながら説明した。「上から順に、女衒《ぜげん》が悪鬼に鞭《むち》で打たれ……阿諛《あゆ》追従の徒が人間の糞尿《ふんにょう》に浸《つ》けられ……聖職を売買した者が逆さに埋められて地上へ脚を突き出し……魔術師が頭を反対向きにねじまげられ……汚吏《おり》が煮えたぎる瀝青《タール》に浸けられ……偽善者が重い鉛の外套《がいとう》を着せられ……盗人が蛇に嚙《か》まれ……権謀術数をめぐらせた者が火焔《かえん》に包まれ……分裂分派の種を蒔《ま》いた者が悪鬼に体を引き裂かれ……そして最後に、虚偽を働いた者が悪疫にかかり、悲惨な姿で苦しんでいます」聴衆に目をやる。「ダンテがこの十番目の濠を、虚偽を働いた者に特別に用意したのはまちがいないでしょう。というのも、ダンテ自身が周囲の者のさまざまな虚偽によって罠《わな》にかけられ、愛するフィレンツェから追放されたからです」

「ロバート?」シエナの声がした。

ラングドンははっと現実へ引きもどされた。

シエナがいぶかしげにラングドンを見ていた。「どうしたの？」

「ここにある〈地獄の見取り図〉は」ラングドンは熱を帯びた口調で言った。「順序がちがう！」上着のポケットから小型プロジェクターを取り出し、せまい場所で精いっぱい強く振った。攪拌玉《かくはん》が大きな音を響かせたが、サイレンの音に掻《か》き消された。

「これを作った人物は、それぞれの濠の位置をずらしたんだ！」

装置が光りはじめると、ラングドンはそれを目の前の平らな面に向けた。〈地獄の見取り図〉が現れ、薄暗い空間で明るく輝いている。

簡易トイレでボッティチェルリか。ラングドンは胸の内でつぶやき、申しわけない気分になった。これほど優雅さに欠ける場所で、ボッティチェルリの絵画が展示されたことはないだろう。すぐに十の濠の上から下へ視線を走らせ、興奮した面持ちでうなずいた。

「やっぱり！」ラングドンは叫んだ。「まちがっている！　最後の濠には悪疫に苦しむ亡者がいるはずなのに、ここに描かれているのは逆さに埋められた亡者じゃないか！　第十の濠には聖職売買ではなく、虚偽偽造の罪を犯した者がいるはずなんだ！」

シエナは興味をそそられたようだった。「でも……なぜこんなことを？」

「カトロヴァサー《CATROVACER》」ラングドンはつぶやき、それぞれの濠に書き加えられた小さな文字を目で追った。「この文字列をそのまま読んではいけない」

　怪我のせいでこの二日間の出来事こそ思い出せないものの、ラングドンにはいま、記憶力がしっかり働いている実感があった。目を閉じて頭のなかにふたつの〈地獄の見取り図〉を並べ、そのちがいを調べていく。悪の濠に加えられた変更は思ったほど多くない……それでも、雲が突然晴れた気がした。

　つぎの瞬間、はっきりわかった。

　尋ねよ、さらば見いださん！

「どうしたの？」

　ラングドンは口の渇きを覚えた。「自分がフィレンツェにいる理由がわかった」

「ほんとうに？」

「ああ。それに、これからどこへ行くべきなのかも」

　シエナはラングドンの腕をつかんだ。「どこなの？」

　ラングドンは病院で目覚めてからはじめて、確固たる地面に足をおろしたような気分になった。「この十の文字は」小声で言う。「旧市街の特定の場所を指しているんだ。

そこに答がある」

「旧市街のどこ？」シエナは尋ねた。「何がわかったの？」

仮設トイレの反対側から笑い声が聞こえてきた。さっきとは別の美術学生の一団がさまざまな言語で冗談を言ったり雑談をしたりしながら、横を通り過ぎていく。ラングドンはトイレの陰からそっとのぞき、学生たちがいなくなるのを見ていた。それから警察のほうに目をやる。「足を止めないほうがいい。途中で説明する」

「途中で？」シエナは首を振った。「ローマーナ門を抜けるのは無理よ！」

「ここで三十秒待っていてくれ。それから調子を合わせて」

ラングドンはそれだけ言うと、当惑顔のシエナをひとり残していなくなった。

21

「すみません！《スクージ》」ロバート・ラングドンは学生たちのあとを追った。「ちょっといいですか《スクザーテ》！」

全員が振り返り、ラングドンは道に迷った旅行者のふりをしてあたりを見まわした。

「美術学校はどこにあるでしょうか《ドヴェ・リスティテュート・スターレ・ダルテ》」片言のイタリア語で尋ねる。

タトゥーを入れた若者が気どって煙草を吹かし、小ばかにした口調で言った。

「イタリア語はわからなくてね《ノン・パルリアーモ・イタリアーノ》」フランス語訛《なま》りだ。

女子学生のひとりが若者をたしなめ、ロマーナ門へつづく長い壁の先を親切に指し示した。「ピュ・アヴァンティ、センプレ・ドゥリット」

このまままっすぐ、か。ラングドンは心のなかで翻訳した。「ありがとう《グラッツィエ》」

それに合わせて、シエナがこっそり仮設トイレの後ろから出て、こちらへ歩いてきた。すらりとした三十二歳の女が近くに来ると、ラングドンはあたたかく迎えるように肩に手を置いた。「妹のシエナだ。美術の教師でね」

タトゥーの若者が「ヤリテエセンセイ《T—I—L—F》」とつぶやき、男子学生たちが声をあげて笑った。

ラングドンはそれを無視した。「一年ほど外国で美術を教えられるところはないかと思って、フィレンツェに下見に来たんだ。いっしょに行ってもいいかな」

「もちろん《マ・チェルト》」さっきのイタリア人女子学生が笑顔で言った。

警官のいるロマーナ門に向かって歩きながら、シエナは学生たちと会話を交わしはじめた。ラングドンは一団の真ん中を歩き、なるべく目立たないよう背をまるめた。

尋ねよ、さらば見いださん。悪の濠《ほり》にあった十の濠を思い浮かべ、興奮で鼓動が速まるのを感じた。

CATROVACER。この十の文字は、美術界有数の謎――数世紀にわたって解明されていない謎――の中核をなしている。一五六三年、フィレンツェの名高いヴェッキオ宮殿で、壁の高い位置にこの十文字を用いたメッセージが記された。それは床から約四十フィートもの高さにあるため、双眼鏡を使わないとまず見えない。そこに堂々と記されていながら、何世紀ものあいだ見落とされてきたが、一九七〇年代、ひとりの美術解析学者によって発見された。いまや有名人となったその学者は、数十年にわたってメッセージの解読を試みてきた。仮説は無数にあるものの、メッセージの意味するところは現在もなお謎のままである。

ラングドンにとって、その暗号は慣れ親しんだものだった――波の逆巻くこの奇妙な海から避難できる港のようなものだ。なんと言っても、自分の専門は美術史や古《いにしえ》の秘密であって、生物学的危険物質のはいった容器や銃撃戦ではない。

前方でまた新たな警察車両が数台、ロマーナ門へ吸いこまれていくのが見えた。

「驚いたな」タトゥーの若者が言った。「だれを探してるのか知らないけど、きっととんでもないことをやらかしたんだろうな」

右手にある美術学校の正門に着くと、おおぜいの学生がたむろして、ロマーナ門の騒ぎを見物していた。最低賃金で働かされているにちがいない警備員が、正門をくぐる若者たちの学生証をおざなりに確認していたが、警察の動きのほうに興味があるのは明らかだった。

鋭いブレーキの音があたりに鳴り響き、見まちがいようのないあの黒いバンがロマーナ門の前で急停止した。

一度見ればじゅうぶんだ。

ラングドンとシエナは騒ぎに乗じ、新しい仲間たちとともに無言で正門をくぐった。

ポルタ・ロマーナ美術学校の校舎へつづく道は驚くほど美しく、荘厳と呼ぶにふさわしかった。道の両側に並んだ大ぶりのナラの木々が、ゆるやかに枝葉をひろげて天然の天蓋《てんがい》を作り、その奥に校舎が見えている。三連アーチの玄関柱廊《ポルチコ》と楕円《だえん》形の広い芝生の前庭を備えた、くすんだ黄色の大きな建物だ。

フィレンツェにあるほかの多くの建物と同じく、その校舎もある傑出した名家によって建てられた。十五世紀、十六世紀、十七世紀にわたって、フィレンツェの政治を支配していた一族だ。

メディチ家。

その名前はまさにフィレンツェの象徴になっている。三世紀に及ぶ統治時代に、計り知れない富と影響力を持ったメディチ家は、四人の教皇とふたりのフランス王妃、さらにはヨーロッパ最大の金融機関をも生み出した。今日に至っても、銀行はメディチ家が考案した会計方法を用いている——貸方と借方からなる複式簿記だ。

だがメディチ家最大の遺産は、金融や政治ではなく芸術の分野にある。美術史上、これほど惜しみなく資金をつぎこんだパトロンはおそらくほかに例がなく、つぎつぎと作品を注文してルネッサンスの開花をあと押しした。メディチ家が支援した大物としては、ダ・ヴィンチ、ガリレオ、ボッティチェルリなどがいる。ボッティチェルリの最も有名な作品〈ヴィーナスの誕生〉は、ロレンツォ・デ・メディチが又従兄弟《またいとこ》への結婚祝いとして、寝室に飾る官能的な絵を注文したのに応じて描かれたとされている。

ロレンツォ・デ・メディチは、その広量な人柄ゆえに当時はロレンツォ豪華王と呼ばれていたが、自身もすぐれた芸術家、詩人で、鋭い眼力を持っていたという。一四八九年、ロレンツォはフィレンツェのある若き彫刻家の作品を気に入り、メディチ家の宮殿に住まわせて、一流の美術品や詩などに囲まれた豊かな環境で腕を磨かせた。メディチ家の庇護《ひご》のもと、少年は才能を開花させ、やがて歴史上最も名高いふたつの彫像の制作に取りかかる——〈ピエタ像〉と〈ダヴィデ像〉だ。その少年は現在、ミケランジェロの名で知られている――創造力に富んだ天才で、メディチ家から人類への最高の贈り物と称されることも少なくない。

それほどまでに芸術に情熱を燃やしていたのだから、ここにある建物――もとは一族の第一厩舎《きゅうしゃ》として建てられたもの――が活気あふれる美術学校に生まれ変わったのを知ったら、メディチ家の人々はさぞ喜ぶだろう、とラングドンは思った。いまでは美術を志す若者を啓発する場となっているが、こののどかな場所がメディチ家の厩舎の敷地として選ばれたのには理由があった。ここはフィレンツェ市内でも指折りの美しい乗馬場に隣接しているからだ。

ボーボリ庭園。

ラングドンは左へ目をやった。高い塀越しに木立の頂が見える。広大なボーボリ庭園は人気の観光地だ。あそこにはいれれば、園内を横切って、警察に見つからずにローマーナ門を迂回《うかい》できるのはまずまちがいない。なんと言っても、庭園はとにかく広く、隠れる場所には事欠かない――木立、迷路、人工洞窟《どうくつ》、休憩所。さらに重要なのは、ボーボリ庭園を横断すればピッティ宮殿にたどり着くことだ。石造りの城塞《じょうさい》であるピッティ宮殿は、かつてトスカーナ大公国の支配者メディチ一族の主宮殿だった。公開されている百四十の部屋は、いまでもフィレンツェで屈指の人気観光スポットだ。

ピッティ宮殿まで行ければ、旧市街へ渡る橋は目と鼻の先だ。

ラングドンはつとめてさりげなく、公園を取り囲む高い塀を手で示した。「ボーボリ庭園にはどこからはいれるのかな」学生たちに尋ねる。「学校を訪ねる前に、妹に見せてやりたくてね」

タトゥーの若者が首を横に振った。「ここからじゃはいれない。入口はずっと向こうのピッティ宮殿のほうにあるんだ。車でロマーナ門を通ってまわりこむしかないよ」

「嘘ばっかり」シエナがだしぬけに言った。

ラングドンを含めて、全員がシエナに顔を向けて見つめた。

「お見通しよ」シエナは艶《つや》っぽく微笑み、金髪のポニーテールに指を走らせた。「庭園に忍びこんで、マリファナで羽目をはずすことぐらいあるでしょう?」

学生たちが顔を見合わせ、いっせいに笑いだした。

タトゥーの若者はすっかりシエナの虜《とりこ》になったようだった。「ねえ、ぜったいにこの学校で教えてくださいよ」シエナを校舎の脇へ連れていき、角を曲がった裏手にある駐車場を指さす。「左側に物置きが見えるでしょ。あの後ろに古い踏み台があるんだ。それを使って屋根にのぼれば、壁の向こうへ飛びおりられる」

シエナはすでに動きだしていた。ラングドンのほうを振り返り、からかうような笑みを浮かべる。「さあ、早く、ボブ兄さん。フェンスを跳び越えられないほど老けこんではいないでしょう？」

22

銀髪の女はバンの防弾仕様の窓に頭をもたせかけて目を閉じた。世界が果てしなくまわっているように感じられる。飲まされた薬のせいで気分が悪い。

治療が必要だ。

だが、隣にいる武装兵士は厳命を受けている。任務が無事に完了するまで、女の必要としているものが与えられることはない。外の混乱からすると、それはずいぶん先になりそうだ。

めまいがひどく、呼吸も苦しくなってきた。またこみあげた吐き気と闘いながら、なぜ自分の人生がこんな不条理な岐路を迎えることになったのだろう、と考えた。意識が朦朧《もうろう》としたいまの状態で、その複雑な問いに答えるのは無理だが、事の発端ははっきりしている。

ニューヨーク。

二年前。

女はジュネーヴからマンハッタンに来ていた。世界保健機関《WHO》の事務局長というだれもがうらやむ名誉ある地位についてから、もう十年近くが経っていた。今回は伝染病と流行疫学の専門家として、第三世界諸国における世界流行《パンデミック》の伝染病の脅威を論じる講演をおこなうため、国連に招かれたのだった。女は前向きな自信に満ちた態度で、ＷＨＯなどが考案したいくつかの新しい早期発見システムや治療計画のあらましを述べた。参加者一同は立ちあがって拍手を送った。

講演が終わり、会場に残っていた学者たちとロビーで話をしていると、高位外交官の身分証をつけた国連関係者がやってきて、会話をさえぎった。

「ドクター・シンスキー、たったいま外交問題評議会《CFR》から連絡がありました。お目にかかりたい人がいるそうです。外で車が待っています」

エリザベス・シンスキーは困惑し、なんとなく落ち着かない気分で、その場を辞して旅行鞄《かばん》を取りに行った。一番街を走るリムジンに揺られていると、妙に緊張してきた。

ＣＦＲが？

世間の大半の人々と同じように、エリザベス・シンスキーもその噂は聞いていた。

それは一九二〇年代に創設された民間シンクタンクで、歴代の会員には、国務長官経験者のほぼ全員、半ダース以上の大統領、多数の中央情報局長官《CIA》、上院議員、判事らに加え、モルガン、ロスチャイルド、ロックフェラーなどの名門の巨星が名を連ねている。会員の圧倒的な知力と政治的影響力と財力の結集により、CFRは〝地球上で最も権威あるプライベートクラブ〟と評されている。

世界保健機関の事務局長であるエリザベス・シンスキーは、有力者とのやりとりには慣れていた。長年WHOに在籍し、その裏表のない人柄も手伝って、最近では主要時事雑誌から〝世界で最も影響力のある二十人〟のひとりに選ばれた。世界保健機関の顔、と写真の下に書かれていたが、子供のころに重い病を患ったシンスキーにしてみれば、皮肉な話だった。

六歳のときに重度の気管支喘息《ぜんそく》に苦しみ、有望な新薬――世界初のグルココルチコイド剤、別名ステロイドホルモン――の大量投与による治療を受けた結果、症状は劇的に改善された。しかし不幸なことに、新薬の予期せぬ副作用が、それからずっとあと、思春期を過ぎてから現れた……月経がはじまらなかったのだ。十九歳のとき、生殖機能が完全に失われていると病院で聞かされた絶望的な瞬間のことは、生涯忘れないだろう。

子供を産めない。

時がむなしさを癒《い》やしてくれる、と医者は慰めた。けれども、胸に秘めた悲しみと怒りは大きくなるばかりだった。子供を作る機能を奪った薬は、残酷なことに、子供を作りたいという動物としての本能までは奪わなかった。それから何十年ものあいだ、シンスキーはかなわぬ願いをとげたい渇望とずっと闘ってきた。六十一歳になったいまでも、母親と幼子を見るたびに空虚感に苛《さいな》まれる。

「もうすぐです、ドクター・シンスキー」リムジンの運転手が言った。

シンスキーは長い銀の巻き毛を手早く整え、鏡で顔を確認した。気がつくと車は停まっていた。運転手の手を借り、マンハッタンの一等地の歩道におり立った。

「ここでお待ちしています」運転手が言った。「ご用がすんだら、まっすぐ空港へ向かいましょう」

外交問題評議会のニューヨーク本部は、パーク・アベニューと六十八丁目通りの角にある上品な新古典主義の建物で、かつてはスタンダード石油の重役の自宅だった。外観は周囲の優雅な景色に溶けこんでいて、そこが特殊な用途を持った建物であることをまったく感じさせない。

「ドクター・シンスキー」太った女の受付係が挨拶《あいさつ》した。「こちらへどうぞ。あのかたがお待ちです」

そう、でも、あのかたって？　シンスキーは受付係のあとについて豪華な廊下を進み、閉じたドアの前で立ち止まった。受付係が軽くノックをしてからドアをあけ、シンスキーに中へはいるよう促した。

部屋に足を踏み入れると、背後でドアが閉まった。

そこは小さな暗い会議室で、ビデオスクリーンの光が唯一の明かりだった。スクリーンの前に、かなり長身で痩《や》せた男の影が見える。逆光で顔はわからないが、力を持つ者特有の雰囲気が漂っている。

「ドクター・シンスキー」男が鋭い声で言った。「お越しいただけて感謝する」歯切れのよい明瞭《めいりょう》な発音は、シンスキーの故郷のスイスのものだろう。あるいはドイツかもしれない。

「どうぞ腰かけて」部屋の前方に置かれた椅子を示す。

自己紹介もなしに？　シンスキーは椅子にすわった。スクリーンに映った奇怪な画像を見て、よけいに落ち着かなくなった。いったいなんなの？

「けさの講演を聴かせてもらった」影が言った。「話を聴くためにはるばる遠くから来たんだよ。実にすばらしい講演だった」

「それはどうも」

「もうひとつ言わせてもらえば、想像していたよりもずっと美しい……老齢で、世界の保健衛生について偏狭な見方をしている女性にしては」

シンスキーは口をあんぐりあけた。いまのことばは侮辱以外の何物でもない。「なんですって？」闇に目を凝らして、きびしい口調で言う。「だれなの？　どうしてわたしをここへ？」

「ユーモアのセンスが欠けていて申しわけない」痩せた影が答えた。「来てもらった理由はこの画像にある」

シンスキーはその異様な画像に目をやった――人間の海が描かれた絵だ。薄気味悪い裸の人々がもつれ合い、互いの上によじのぼろうともがいている。

「偉大な画家ドレが」男は言った。「ダンテ・アリギエーリの見た地獄を再現した、実に陰惨な絵だ。お気に召したならいいが……これがわれわれの未来図なのだから」ことばを切り、ゆっくりとシンスキーのほうへ近づく。「理由を説明しよう」

男は歩を進めた。一歩ごとに、その体が大きくなっていくように見える。「たとえば、この紙をふたつに裂き……」テーブルの前で立ち止まると、一枚の紙を手にとり、音を立てて真ん中から破った。「半分の大きさになったものを合わせて……」二枚の紙を重ねる。「同じことを繰り返せば……」ふたたび破って重ねた。「もとの紙の四倍の厚さになる。そうだな？」暗い部屋のなかで、男の目が激しい感情でくすぶっているように見えた。

男の小ばかにしたような口ぶりと居丈高な態度が、シンスキーには不快だった。口をつぐんだまま答えない。

「仮に」男は言い、さらに近づいた。「最初の紙の厚さがわずか十分の一ミリメートルだとしても、それを破いて重ねることを……そう、たとえば五十回繰り返したら、どれほどの高さになるかおわかりか」

シンスキーは苛立《いらだ》った。「わかるわよ」思ったよりもとげとげしい口調になった。「十分の一ミリかける二の五十乗。等比数列ね。で、わたしになんの用が？」

男は薄ら笑いを浮かべ、感心したようにうなずいてみせた。「そのとおり、では正確な数字はおわかりか。十分の一ミリと二の五十乗の積は？　積みあげた紙の高さは？」ほんの一瞬、間を置く。「たった五十回破いただけで、重ねた紙は……はるか太陽にまで、かなり迫る高さになる」

シンスキーは驚かなかった。数が一気に増加する驚異の現象は、仕事でいつも目のあたりにしている。汚染範囲……感染細胞の増殖……推定死亡者数。

「わたしの理解力が足りないのかもしれないけれど」シンスキーは不快感を隠そうともせずに言った。「あなたの言いたいことがわからない」

「言いたいこと？」男は小さく含み笑いを漏らした。「言いたいのは、人口増加の歴史がこれよりはるかに劇的だということだ。いまの紙の例と同じように、はじめはごくわずかだった地球の人口も……危険な力を秘めていた」

男はまた歩きだした。「考えてもみたまえ。地球の人口は、あまりにも長い年月を――人類の誕生から一八〇〇年代初頭までを――かけて十億人に達した。ところが信じられないことに、その二倍の二十億人になったのは、わずか百年後の一九二〇年代だ。それからたった五十年後の一九七〇年代に、そのまた二倍の四十億人にまで増加した。想像できるだろうが、八十億人に達する日はすぐそこに来ている。きょう一日だけで、人類は新たに二十五万人をこの地球という惑星に加えている。二十五万人だ。そしてそれは毎日繰り返されている――雨の日も、晴れの日も。現状では、毎年ドイツの全人口と同じだけの人間が増えているわけだ」

長身の男は急に足を止め、シンスキーの上に身を乗り出すように立った。「歳はいくつだ」

またしてもぶしつけな質問だったが、ＷＨＯの事務局長であるシンスキーは、敵意を持った相手にそつなく対応する術《すべ》を心得ていた。「六十一歳」

「もしあなたがあと十九年、八十歳になるまで生きたら、一生のうちに人口が三倍に増えるのを目撃することになる。ひとりの生涯のうちに――三倍だ。その意味するところを考えるんだな。あなたがた世界保健機関はまた予測を引きあげて、今世紀の半ばになる前に地球の人口が九十億人に達するとした。いくつもの動物種が急激に絶滅へ向かっている。天然資源は減っているのに、需要は急増している。清浄な水の入手は困難になる一方だ。生物学的評価基準のどれをとっても、人類の個体数は持続可能な値を超えている。にもかかわらず、この危機に直面していながら、全世界の保健衛生の守り手であるＷＨＯは、糖尿病の治療だの、血液バンクの充実だの、癌との戦いだのに力を注いでいる」男はそこでことばを切り、まっすぐシンスキーを見据えた。「世界保健機関には、この問題に真っ向から取り組む勇気がないのか。それを直接訊《き》きたくてあなたを呼んだのだよ」

シンスキーは怒りをあらわにした。「あなたが何者かは知らないけれど、ＷＨＯは人口過剰問題をきわめて深刻に受け止めている。最近も数百万ドルを投じて、医師団をアフリカへ派遣し、無料でコンドームを配布したり避妊に関する教育をおこなったりしたのよ」

「ああ、そうだったな！」痩せた男は冷ややかに笑った。「そしてそのすぐあとに、それよりずっとおおぜいのカトリック宣教師の一団がアフリカへ渡り、コンドームを使ったら地獄に落ちると説いた。アフリカは新たな環境問題をかかえることになったわけだ――ごみ処理場は未使用のコンドームであふれ返っている」

シンスキーは言い返したくなるのをがまんした。その点に関しては相手の言っていることが正しい。だが昨今のカトリック教徒は、人口増加問題へのヴァチカンの干渉に異議を唱えはじめている。中でも特筆すべきは、自身も敬虔《けいけん》なカトリック教徒であるメリンダ・ゲイツが、教会の怒りを買う危険をあえて冒し、避妊手段を世界に普及させるために五億六千万ドルの寄付を申し出たことだろう。エリザベス・シンスキーはこれまで事あるごとに、ビルとメリンダのゲイツ夫妻は、財団を通じて世界の保健衛生の向上に多大な貢献をしてきたことで、列聖されてもおかしくないと公の場で言ってきた。しかし残念ながら、世界でただひとつ、聖人を認定できる機関は、どういうわけかふたりをキリスト教徒の鑑《かがみ》と見ることができないらしい。

「ドクター・シンスキー」影に包まれた男が言った。「世界の保健衛生の問題はたったひとつしかないことを、ＷＨＯは理解していない」スクリーンに映った恐ろしい画像をふたたび指す——おびただしい数の人間がもつれ合っている絵だ。「その問題がこれだよ」そこで間を置いた。「あなたは科学者であって、古典や美術の研究者ではないだろうから、別の画像をお見せしよう。こちらのほうがあなたにはわかりやすいはずだ」

部屋が一瞬暗くなり、スクリーンが切り替わった。

新しい画像は、シンスキーが何度も目にしたことのあるものだった……見るたびに、避けがたい未来を思って暗然とした気分になる。

重い沈黙が部屋におりた。

「そう」やがて男は言った。「静かな恐怖というのが、このグラフにふさわしい反応だ。向かってくる機関車のヘッドライトを見つめるのに、どこか似ている」ゆっくりとシンスキーに向きなおり、見くだすように笑みを漂わせた。「質問はないか、ドクター・シンスキー」

「ひとつだけ」シンスキーは言い返した。「わたしをここへ呼んだのは講義をするため？　それとも侮辱するため？」

「どちらでもない」男は陰気な声でなだめるように言った。「協力したいだけだ。あなたは人口過剰が保健衛生上の問題だと理解しているはずだ。だが残念ながら、それが人間の魂にまで影響を及ぼしかねないことは理解していない。人口過剰が重荷となると、それまで盗みなど考えたことのない人間までもが、家族に食べさせるために盗みを働く。人を殺すなど考えたことのない人間も、子供を養うために殺人を犯す。ダンテの言う大罪――強欲、大食、欺瞞《ぎまん》、殺人などが蔓延《まんえん》し……快適な環境が失われるにつれて、人間の暮らしの表層へ浮かびあがる。われわれはまさに人間の魂のための戦いに直面しているのだよ」

「わたしは生物学者よ。救うのは命であって……魂じゃない」

「なるほど。それなら断言するが、これから先、命を救うことはますます困難になっていく。過剰な人口が生み出すのは、精神的な不満どころではない。マキアヴェッリの文章に――」

「知っているわ」シンスキーは男のことばをさえぎり、有名な文句をそらんじた。「〝世界のあらゆる地域に人々が満ちあふれ、いまいる場所で生きていくことも、ほかへ移ることもできなくなったとき……世界はみずからを浄化するだろう〟」男の顔を見つめる。「WHOの職員ならだれでも知っていることばよ」

「よろしい。では、マキアヴェッリが疫病を世界の当然の自浄作用であると論じたこともご存じだろう」

「ええ。それに講演でも言ったとおり、人口密度と広範囲に及ぶ疫病の発生とのあいだに直接の相関関係があることを、WHOはじゅうぶん認識しています。でもわたしたちは、つねに新しい発見方法と治療方法の開発をつづけている。WHOは疫病の世界流行の予防に自信を持っているわ」

「嘆かわしい」

シンスキーは信じられない思いで男を見た。「なんですって？」

「ドクター・シンスキー」男は奇妙な笑い声をあげた。「疫病を抑えこむことが、あたかも善であるかのように主張するとは」

シンスキーはことばを失い、不信の目で相手の顔を見つめた。

「いいかね」痩《や》せた男は弁論を終える弁護士のような態度で言った。「あなたは世界保健機関の事務局長――つまりWHOの最高責任者だ。そう思うと空恐ろしくなる。さっき見せたこの画像は、差し迫った災いを表している」スクリーンを切り替え、人々がもつれ合っている画像をふたたび映した。「人口増加を放置したときの恐ろしさを、わたしはあなたにあらためて教えた」小さな紙の山を示す。「そして、われわれの魂が崩壊の危機に瀕《ひん》していることも教えた」ことばを切り、シンスキーをまっすぐ見据えた。「それに対して、あなたはなんと答えたか。アフリカで無料のコンドー

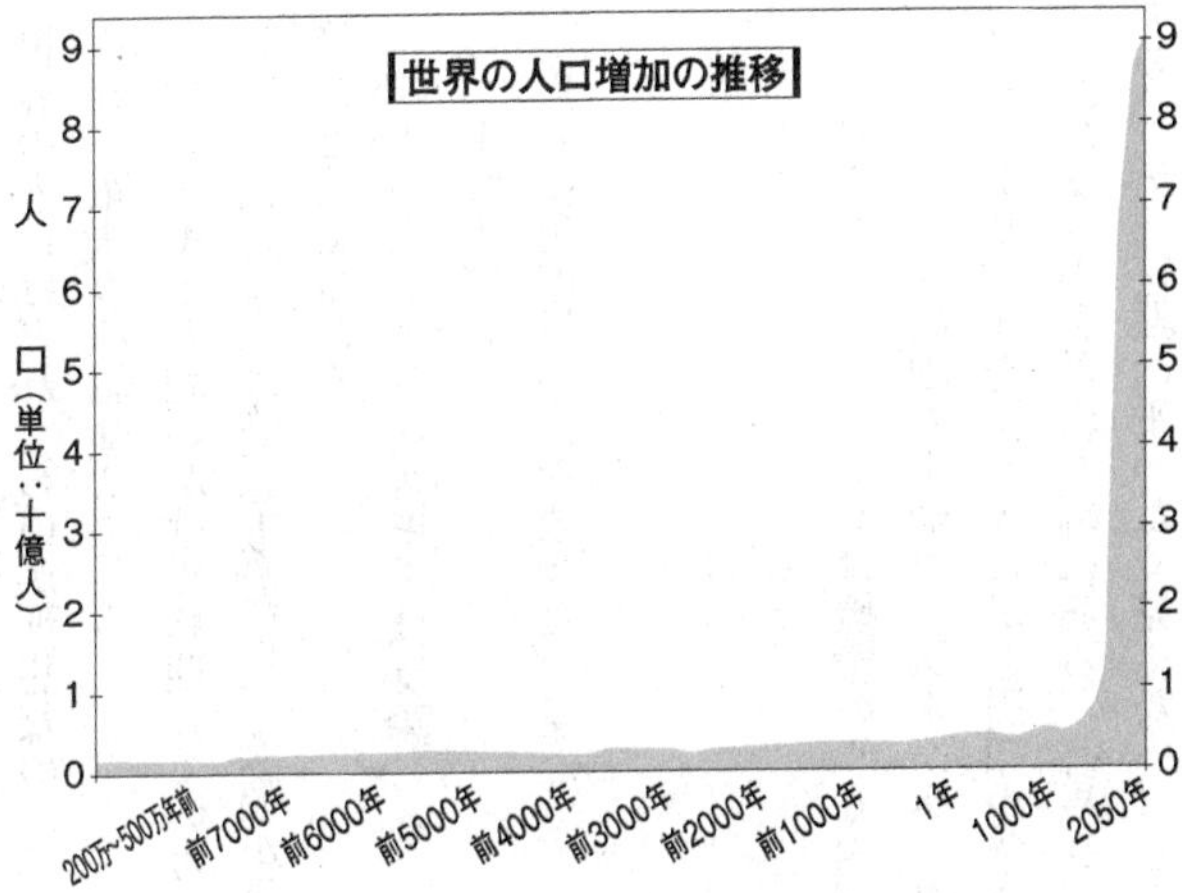

ムを配る、とな」男は冷たく笑った。「そんなことをしても、接近する小惑星に向かって蠅叩《はえたた》きを振りまわすようなものだ。時限爆弾はもはや時を刻んではいない。すでに爆発している。思いきった手段を講じなければ、飛躍的増加の数式こそが新たな神になる……そしてその神は復讐《ふくしゅう》に燃えている。すぐそこのパーク・アベニューにも、ダンテの描いた地獄が出現する……おおぜいの人々が押し合い、みずからの糞尿《ふんにょう》に埋もれる。自然そのものが生み出した地球規模の淘汰《とうた》だ」

「そうかしら」シンスキーは手きびしく言った。「だったら教えてちょうだい。あなたが思い描く持続可能な未来では、世界の人口はどれくらいが理想なのか。人類が永続的に……それもかなり快適に生きられる魔法の数値は？」

シンスキーの問いかけを歓迎しているにちがいない様子で、長身の男は微笑んだ。

「環境生物学者や統計学者なら、人類が長期にわたって存続できる人口は四十億人前後だと答えるだろう」

「四十億人？」シンスキーは反論した。「世界の人口は七十億人に達しているのだから、少し手遅れのようね」

男の緑色の目が光を放った。「そうかな？」

23

ロバート・ラングドンは擁壁のすぐ内側の柔らかな地面に、勢いよく着地した。そこはボーボリ庭園の南端で、樹木が生い茂っている。シエナもすぐそばに飛びおりて立ちあがり、体をはたきながら周囲を確認した。

ふたりは小さな森の端にある、苔《こけ》やシダの生えた空き地に立っていた。ここからだとピッティ宮殿はまったく見えない。どうやら庭園内で宮殿から最も遠い場所にいるらしい、とラングドンは思った。少なくとも、朝のこの時間にこんなはずれまで来ている作業員や観光客の姿はない。

目の前には豆石敷きの小道があり、優美な曲線を描いて前方の森へとくだっていく。小道が木立のなかへ消えるあたりの、いかにも人目を引きそうな場所に、大理石の彫像が立っていた。それを見てもラングドンは驚かなかった。ボーボリ庭園は、ニッコロ・トリボロ、ジョルジョ・ヴァザーリ、ベルナルド・ブオンタレンティという大物が設計を手がけている。鋭い美的感覚を持つこれらの才能が結集したことで、百十一エーカーのキャンバスの上に歩行可能の傑作が生み出された。

「北東へ向かえば宮殿に着く」ラングドンは小道を指さした。「そこなら観光客にまぎれて外へ出られるよ。たしか九時に開くはずだ」

時間をたしかめようと視線を落としたが、かつてミッキー・マウスの腕時計がはめてあったところに見えたのは、むき出しの手首だけだった。残りの衣服とともにまだ病院にあるのだろうか、いつか取りにもどることはできるのだろうか、とラングドンはぼんやり考えた。

シエナは不満げで、その場を動こうとしなかった。「ロバート、先へ進む前に、どこへ行くつもりなのか教えてちょうだい。さっきあそこで何がわかったの？　悪の濠《ほり》のことよ。順番がちがうと言ってたでしょう？」

ラングドンはすぐ先の木立を手で示した。「まず隠れよう」曲がった小道をおり、壁で囲まれたくぼみ――造園学の用語では〝部屋〟――へシエナを連れていった。模造木材のベンチ数脚と小さな噴水がある。木陰は明らかに肌寒かった。

ラングドンは小型プロジェクターをポケットから取り出して振りはじめた。「シエナ、このデジタル画像を作った人間は、悪の濠の罪人にアルファベットを割りあてただけでなく、罪の順番も変えているんだ」ベンチに跳び乗ってシエナを見おろすように立ち、足もとにプロジェクターを向けた。ボッティチェルリの〈地獄の見取り図〉が、シエナの横のベンチの平らな座面に薄く浮かびあがる。

ラングドンは、漏斗《じょうご》形の地下空間の底のほうにある層になった部分を示した。「十ある悪の濠に書かれた文字が見えるだろう？」

シエナは文字を見つけ、上から下へ読んだ。「カトロヴァサー《CATROVACER》」

「そう。意味不明だ」

「でも、濠の順番が乱されてるのに気づいたんでしょう？」

「実はもっと簡単な話だよ。これが十枚のカードの山だとしたら、山を乱したと言うより、一回切っただけなんだ。切ってもカードの並び自体は変わらない。ただ、いちばん上に別のカードが来るというわけだ」ラングドンは十ある悪の濠を指し示した。「ダンテの文章によると、一番目の濠では女衒《ぜげん》が悪鬼に鞭打《むちう》たれているはずだ。でもこの画像で女衒は……ずっと下の八番目の濠にいる」

シエナは自分の横で消えかかっている画像を見てうなずいた。「ええ、そのようね。一番目の濠が八番目に来てる」

ラングドンはプロジェクターをポケットにもどし、ベンチから飛びおりた。小枝を拾って、小道のすぐそばの地面に文字を刻みはじめる。「これが順序の変わった〈地獄の見取り図〉の文字列だ」

CATROVACER

「カトロヴァサー」シエナが読みあげた。

「ああ。そして、カードの〝山〟が切られたのはここだ」ラングドンは八番目の濠の上に線を引いてシエナに見せた。

CATROVA—CER

「なるほど」シエナは即座に言った。「CATROVA《カトローヴァ》・CER《サー》」

「そう。そして、カードを正しい順序にもどすには、下の山を上へ持ってくるだけでいい。ふたつの山を入れ替えるんだ」

シエナは文字列をながめた。「CER《サー》・CATROVA《カトローヴァ》」つまらなそうに肩をすくめる。「やっぱり意味不明ね……」

「CER《サー》・CATROVA《カトローヴァ》」ラングドンは繰り返した。少し間を置いたのち、こんどは途中で切らずにつづけて発音した。「CERCATROVA《サーカトローヴァ》」それから真ん中で切った。「CERCA《チェルカ》……TROVA《トローヴァ》」

シエナがはっと息を呑《の》み、顔をあげてラングドンの目を見た。

「そうだ」ラングドンは微笑んだ。「チェルカ・トローヴァ」

イタリア語のふたつの単語cercaとtrovaは、まさに〝探す〟と〝見つける〟という意味だ。合わせてひとつの句――cerca trova――になったとき、聖書の格言と同じ意味をなす――〝尋ねよ、さらば見いださん〟。

「あの幻覚よ！」シエナは感嘆の声をあげ、息をはずませた。「ベールをかぶった女性！　探して、見つけなさい、と言いつづけてたのよね！」勢いよく立ちあがる。「ロバート、これがどういうことか気づいた？　〝チェルカ・トローヴァ〟ということばは、はじめからあなたの潜在意識のなかにあったのよ！　わからない？　病院に来る前に、あなたは暗号を解読してたにちがいない！　たぶん、すでにプロジェクターの画像も見てた……でも、そのことを忘れてたのよ！」

シエナの言うとおりだ、とラングドンも思った。暗号そのものに気をとられるあまり、すでに解読していたかもしれないとは、まったく考えもしなかった。

「ロバート、さっき〈地獄の見取り図〉が旧市街の特定の場所を指してると言ったわね。それがどこか、まだわからないんだけど」

「〝チェルカ・トローヴァ〟と聞いてもぴんとこないかな」

シエナは肩をすくめた。

ラングドンはひそかに笑みを浮かべた。シエナでもわからないことがようやくひとつ見つかった。「実のところ、この句はヴェッキオ宮殿内の有名な壁画をはっきりと指している――〈五百人広間〉にあるジョルジョ・ヴァザーリの〈マルチャーノ・デッラ・キアーナの戦い〉だ。壁画の上のほう、肉眼ではほとんど見えない位置に、ヴァザーリは小さな字で〝チェルカ・トローヴァ〟と記したんだ。ヴァザーリがなぜそんなことをしたのか、仮説は山のようにあるけれど、決定的な証拠はまだ見つかっていない」

突然、小型飛行機の甲高い音が頭上から聞こえてきた。いつの間にか現れて、ふたりの真上の梢《こずえ》をかすめるように飛んでいる。間近に迫った音に凍りつくラングドンとシエナの上を、小型飛行機は高速で通り過ぎていった。

それが飛び去ると、ラングドンは木々のあいだからのぞき見た。「おもちゃのヘリコプターだ」息をつき、全長三フィートのラジコンヘリコプターが遠くで機体を傾けるのを見やった。巨大な怒れる蚊のような音だ。

だが、シエナはまだ警戒をゆるめていなかった。「体を低くして」

案の定、ヘリコプターは完全に方向転換し、木の上をかすめながらふたたび向かってきた。ふたりの上を過ぎ、こんどは左手にある空き地のほうへ飛んでいく。

「おもちゃじゃない」シエナはささやいた。「無人偵察機よ。ビデオカメラが搭載されていて、生の映像を送ってるんだと思う……だれかのもとへ」

ラングドンは顎《あご》を引きしめ、偵察機が最初に現れた方角へすばやく帰っていくのを見ていた――ロマーナ門と美術学校のある方角だ。

「あなたが何をしたのか知らないけど」シエナは言った。「力のある人たちがなんとしても探し出そうとしてるのはまちがいないようね」

偵察機がまたも機体を傾け、ふたりが跳び越えたばかりの外壁に沿ってゆっくり飛びはじめた。

「美術学校のだれかが、わたしたちを見つけて教えたのよ」シエナは小道を進みはじめた。「ここを出ないと。いますぐに」

偵察機がうなりをあげながら庭園の反対の端へ向かうあいだに、ラングドンは地面に書いた文字を足で消し、急いでシエナのあとを追った。〝チェルカ・トローヴァ〟とジョルジョ・ヴァザーリの壁画のこと、そしてプロジェクターのメッセージは解読ずみだったにちがいないというシエナの指摘が、頭のなかを駆けめぐっている。尋ねよ、さらば見いださん。

ふたつ目の空き地に足を踏み入れたそのとき、驚くべき考えが脳裏にひらめいた。ラングドンは木々の並ぶ歩道で急に立ち止まり、茫然《ぼうぜん》とした顔になった。

シエナも足を止めた。「ロバート？　どうしたの？」

「潔白だったんだ」

「なんのこと?」

「だれかに追われたのは……自分が何かひどいことをしたせいだろうと思っていた」

「ええ、病院であなたは〝ヴェリー・ソーリー、ほんとうにすまない〟と言いつづけてた」

「ああ。でも、自分が口にしたのが英語だと思いこんでいた」

シエナは目をまるくしてラングドンを見た。「あなたはたしかに英語を話してたのよ!」

いまやラングドンの青い瞳《ひとみ》は興奮で輝いていた。「シエナ、あれは謝罪のことばじゃなかったんだよ。つぶやいていたのは、ヴェッキオ宮殿の壁画に記された秘密のメッセージのことだったんだ!」録音された自分のうわごとが、いまでも耳に残っている。ヴェ……ソーリー。ヴェ……ソーリー。

シエナは途方に暮れた顔をした。

「わからないかな」ラングドンの顔には大きな笑みがひろがっていた。「〝ヴェリー・ソーリー、ヴェリー・ソーリー〟と言っていたんじゃない。芸術家の名前を口にしていたんだよ――ヴァ、ヴァ、ヴァザーリ、ヴァザーリ!」

24

ヴァエンサは急ブレーキをかけた。

尻《しり》を振ったオートバイが甲高い音を立てながら、ポッジョ・インペリアーレ大通りに長いスリップ痕《こん》を残し、出くわした車列の後ろにようやく急停止する。大通りの交通は止まっていた。

ぐずぐずしてる暇はないのに！

ヴァエンサは車の後ろから首を伸ばし、渋滞の原因を見きわめようとした。SRSチームを避けたり、アパートメントのある建物での大混乱を逃れたりするために、やむなく大きく遠まわりをしてきたが、いまから旧市街へはいって、ここ数日の任務の足場としたホテルの部屋を引き払わなくてはならない。

自分は排除された――街から出なくてはいけない。

けれども、不運の連鎖はまだ終わらないらしい。旧市街へ行くために選んだ道は車が流れていない。待つのは願いさげなので、ヴァエンサはオートバイを進めて車列の横へ移り、せまい路肩を飛ばした。入り組んだ交差路がようやく見えてくる。六本の幹線道路が集中する、車でごった返した環状交差路。これがロマーナ門――フィレンツェで最も往来の激しい交差点のひとつで、旧市街への門口だ。

いったい何が起こってるの？

ヴァエンサが見たのは、あたりを埋めつくす警官たちの姿だった――道路封鎖か、何かの検問だ。まもなく、進路を阻む動きの中心に、あるものを見つけた。見覚えのある黒塗りのバンと、そのそばで地元警察に指図している黒い服の男たちだ。

SRSの隊員であることはまちがいないが、だとしてもここで何をしているのか、ヴァエンサには想像もつかなかった。

まさか……

唾《つば》を呑《の》んだ。そんなことがありうるとはとうてい考えられない。ラングドンはブリューダーの追跡をもかいくぐったのか？　そんなことはほとんど不可能だ――脱出できる見込みは皆無に近かった。とはいえ、ラングドンは単独で行動しているのではない。あの金髪女のただならぬ才覚を、ヴァエンサはたしかに思い知らされていた。

近くに来た警官が車から車へと歩いては、豊かな褐色の髪を持つ端整な顔立ちの男の写真を見せている。新聞に載ったロバート・ラングドンの顔写真だと、ヴァエンサはすぐに見てとった。鼓動が速まる。

ブリューダーは見失ったのか……

ラングドンはまだ舞台にいる。

この展開が自分の立場をどう変えるのかを、したたかな勝負師であるヴァエンサはすぐさま考えはじめた。

第一の道は――命じられたままに退散する。

ヴァエンサは総監から託された重大な任務をしくじり、そのために排除された。運がよくても、正式な審問に呼び出され、おそらくそれがこの仕事の終点となる。だが、運が悪く、そのうえ雇用主の非情さが自分の想像以上なら、大機構の手が間近まで伸びてきているのではないかと絶えず後ろをうかがいながら、残りの人生を過ごすことになりかねない。

そして、第二の道がある。

任務を完遂することだ。

仕事をおりなければ排除規定に真っ向から逆らうことになるが、ラングドンがまだ逃走中なら、当初の指令どおりにつづけるという選択もある。

もしブリューダーがラングドンをとらえそこねたら、と考えて、ヴァエンサは胸を高鳴らせた。そして、もしこちらがうまくやれば……

勝算が少ないのはわかっていたが、もしラングドンがブリューダーの目を完全に欺き、こちらが手を引かずに仕事をやりとげたら、ヴァエンサは大機構の危機をただひとりで救ったことになり、総監も寛大に処せざるをえなくなる。

仕事を失わずにすむ、とヴァエンサは思った。昇格だってありうる。

自分の未来のすべてがある重要な一件にかかっていることに、ヴァエンサはすぐに気づいた。なんとしてもラングドンの居場所を突き止めなくてはならない……ブリューダーよりも先に。

それは簡単ではない。ブリューダーは高度な監視機器を豊富に取りそろえ、無尽蔵の人手も確保している。自分は単独行動だ。それでも、ブリューダーも総監も警察も知らないことを、自分はひとつ知っている。

ラングドンの行き先はお見通しだ。

ヴァエンサはBMWのスロットルを開いて百八十度向きを変え、来た道を引き返した。北にあるグラッツィエ橋を頭に思い浮かべた。旧市街へはいる道はひとつではない。

25

謝罪ではなかったのか。ラングドンは思いを嚙《か》みしめた。芸術家の名前だったとは。

「ヴァザーリが」シエナが口ごもり、小道を大きく一歩さがった。「自作の壁画に〝チェルカ・トローヴァ〟とひそかに書きこんだのよね」

ラングドンは頬をゆるめずにはいられなかった。ヴァザーリ。ヴァザーリ。それがわかったおかげで、異様な苦境にひと筋の光がもたらされただけでなく、自分がどんな惨事を引き起こしたのか、ひたすら詫《わ》びつづけなくてはいけないほどのことをしたのか、ともう悩まずにすむ。

「ロバート、きっとあなたは怪我をする前に、ボッティチェルリのこの絵をプロジェクターで見たのね。そして、ヴァザーリの壁画を示す暗号が絵のなかにあるのを知った。だから、病院に着いたとき、ずっとヴァザーリと言ってたのよ」

それが何を意味するのか、ラングドンは理解しようとつとめた。十六世紀の画家、建築家、文筆家であるジョルジョ・ヴァザーリは、〝世界初の美術史家〟とラングドンがしばしば呼ぶ人物だ。何百枚もの絵を描き、何十もの建物を設計しているが、ヴァザーリの最大の遺産はその画期的な著書『画家・彫刻家・建築家列伝』だ。それはイタリアの芸術家たちの伝記をおさめたもので、今日でも美術史を学ぶ者の必読書になっている。

ヴァザーリは、〝チェルカ・トローヴァ〟という語によって、歴史の表舞台に返り咲いた。ヴェッキオ宮殿の〈五百人広間〉に本人が描いた巨大な壁画の上部に、その〝秘密のメッセージ〟が発見されたのは、三十年ほど前のことだ。緑色の戦旗に綴《つづ》られた小さな文字が、混沌《こんとん》たる戦場の描写にまぎれてかろうじて読みとれる。ヴァザーリが自作の壁画に謎めいたメッセージを加えた理由については諸説あるが、レオナルド・ダ・ヴィンチの失われた絵が壁の裏の三センチの隙間に隠されていることを後世に伝えようとした、というものが最も有力とされている。

シエナが不安げに木々のあいだから上空をうかがっていた。「わからないことがまだひとつある。〝ほんとうにすまない〟と繰り返してたんじゃないなら……なぜみんながあなたを殺そうとするの？」

ラングドンも同じことを考えていた。

遠くで響いていた無人偵察機の音がふたたび大きくなり、決断のときが来たのがわかった。ヴァザーリの〈マルチャーノの戦い〉がダンテの〈地獄篇〉や前夜負った銃創とどうつながるのかはわからないが、それでも、進むべき道筋がようやくはっきりと見えた。

チェルカ・トローヴァ。

探して、見つけなさい。

川の対岸から呼びかける銀髪の女の姿がまたもや目に浮かんだ。時が尽きていきます。答があるとしたらヴェッキオ宮殿のなかだ、とラングドンは感じていた。

古代ギリシャの古い格言がふと頭をよぎる。エーゲ海諸島の珊瑚《さんご》の洞穴で、素潜りによってロブスターを獲《と》る漁師にまつわるものだ。〝暗い洞穴に潜っていると、引き返したくても息がとうていもたない極限の点がやってくる。そこまで来たら、未知の場所へ突き進むしかない……出口があることを祈って〟。

そういうところまで来たのだろうか、とラングドンは思った。

前方にひろがる庭園の迷路に目をやる。ピッティ宮殿にたどり着いて庭園から出られれば、少し歩くだけで——世界一有名な人道橋であるヴェッキオ橋を渡るだけで——旧市街へ行ける。その橋はいつも混雑していて、身を隠すのには好都合だ。そこからヴェッキオ宮殿までは数ブロックしか離れていない。

偵察機の立てる低い音が近づき、少しのあいだ、ラングドンは疲労感に打ちのめされた。〝ほんとうにすまない〟と言っていたのではないとわかったいまは、警察から逃げまわることに迷いがあった。

「どうせいずれはつかまるんだ、シエナ」ラングドンは言った。「逃げるのはやめたほうがいいのかもしれない」

シエナが驚いて見返した。「ロバート、立ち止まるたびにだれかがあなたを撃ってくるのよ！　何に巻きこまれてるのかを突き止める必要がある。ヴァザーリの壁画を見れば何か思い出すかもしれないでしょう？　このプロジェクターの出どころと、あなたが持ってる理由もわかるんじゃないかしら」

ラングドンはあれこれを思い浮かべた。スパイクヘアの女がマルコーニ医師を無慈悲に殺した場面を……兵士に銃撃された瞬間を……イタリアの軍警察がロマーナ門に集結しているところを……そして、ボーボリ庭園のなかで無人偵察機に追いまわされている現状を。何も言わずに疲れた目をこすり、進むべき道を考えた。

「ロバート」シエナの声が大きくなった。「もうひとつ言っておくことがあるの……あのときは聞き流してたんだけど、いま思えば大事なことなのかもしれない」

真剣な口調に動かされ、ラングドンは目をあげた。

「アパートメントで話すつもりだったの」シエナが言う。「だけど……」

「なんだい」

シエナは落ち着かない様子で唇を噛んだ。

「病院に着いたとき、あなたはうわごとで何かを伝えようとしてた」

「そうだ」ラングドンは言った。「〝ヴァザーリ、ヴァザーリ〟とつぶやいていた」

「そう、でもその前に……レコーダーを出す前に、着いてすぐあなたが言ったことばを覚えてるの。一度しか言わなかったけど、たしかに聞いた」

「なんと言ったんだ」

シエナは偵察機のほうを見あげ、それからラングドンへ目をもどした。「こう言ったの。〝それを見つける鍵《かぎ》は自分が握っている……失敗したら、死に覆いつくされる〟って」

ラングドンはただ目を瞠《みは》るしかなかった。

シエナはさらに言った。「上着のポケットにあったものを指してそう言ったと思ったけど、いまはよくわからない」

失敗したら、死に覆いつくされる？　そのことばはラングドンに衝撃を与えた。不気味な死のイメージが目の前にちらつく……ダンテの地獄、バイオハザードの記号、疫病医。そしてまた、血に染まった川の向こうから訴える銀髪の美しい女の顔。探して、見つけなさい。時が尽きていきます。

　シエナの声が注意を引きもどした。「そのプロジェクターから最後にどこへ行き着こうと……あなたが何を見つけようと、それは途方もなく危険なものに決まってる。おおぜいの人間がわたしたちを殺そうとしてるんだから……」かすかに声がうわずり、話をつづけるまでしばらくかかった。「考えてもみて。堂々とあなたに発砲したのよ……そして、わたしにも――たまたま居合わせただけなのに。交渉の余地がありそうな相手なんかいない。あなたの国の政府が敵にまわった……電話で助けを求めたら、殺し屋を送りこんできたんだから」

　ラングドンは地面をぼんやり見つめた。合衆国領事館が自分の居場所を殺し屋に教えたのか、それとも領事館自体が殺し屋を送ってきたのかは、どちらでもいい。結果は同じだ。合衆国政府は味方ではない。

　ラングドンはシエナの茶色い目を見つめ、そこに勇気を感じとった。この人を何に巻きこんでしまったのだろうか。「めざす先に何があるのかわかればいいんだがね。そうすれば、全体像をつかむのに役立つ」

　シエナはうなずいた。「なんであれ、見つけるしかないと思う。少なくとも、わたしたちの武器になるはずよ」

反論しがたいことばだ。それでもなお、ラングドンの頭にこびりついて離れないものがあった。失敗したら、死に覆いつくされる。バイオハザード、疫病、ダンテの地獄。それらを象徴する数々の不気味なものに未明から遭遇してきた。探し物の正体について、はっきりした決め手がないのは事実だが、いまのこの状況が示唆するのは死に至る重病か大規模な生物学的脅威だ。そう考えないのは浅はかだろう。しかし、それが真実なら、合衆国政府がなぜ自分を抹殺しようとするのか。

破壊活動の計画になんらかの形で関与していると思われたのだろうか。まるで道理に合わない。何か別のことが起こっている。

ラングドンは銀髪の女のことをもう一度考えた。

「幻覚で見るあの人もそうだ。見つけなくてはいけない気がする」

「じゃあ、その感覚を信じて」シエナは言う。「あなたみたいな症状の場合、最良の羅針盤は潜在意識なの。心理学の基礎よ――その女性を信じろと直感が告げるなら、繰り返し命じてくることに忠実に従うべきだと思う」

「探して、見つけなさい」ふたりは同時に言った。

進む道がはっきりとわかり、ラングドンは深く息をついた。

この洞穴を進んでいくしかない。

腹を決めたラングドンは、位置をたしかめようと首をめぐらせて周囲をながめた。庭園の出口はどちらだろう。

ふたりがいるのは木立の下で、何本も道が交差する見晴らしのよい広場の端だった。ラングドンははるか左へ目を向け、小島《イゾロット》にレモンの木と彫像がある楕円《だえん》形の池をじっと見た。彫像は水面から躍りあがる馬を御しているので、名高いペルセウスの像だとわかった。

「ピッティ宮殿はあっちだ」ラングドンはそう言って、イゾロットとは反対の東の方角を指した。そちらには、庭園の主要通路であるヴィオットローネが、敷地の端から端まで東西に走っている。二車線道路並みの幅があり、樹齢四百年のイトスギの高木が道の両脇に並んでいる。

「まる見えよ」シエナが見通しのよいその並木道に目をやり、旋回中の偵察機を手で示した。

「そのとおりだ」ラングドンは口の端にいたずらっぽい笑みを浮かべた。「だから、その横のトンネルを通る」

ラングドンがあらためて指さしたのは、ヴィオットローネの入口近くにある緑豊かな生け垣だった。生い茂る青葉の壁に小さな半円形の入口がある。その向こうに細い小道がずっと延びていた――ヴィオットローネと並行して走るトンネルだ。トンネルの両脇には、剪定《せんてい》されたトキワガシが隙間なく立ち並んでいる。十七世紀から丹念に手入れをされて小道を覆うアーチとなり、頭上でからみ合う枝が木の葉の天蓋《てんがい》を作っている。この細道はラ・チェルキアータ――意味は〝円形の〟もしくは〝箍《たが》をはめられた〟――と呼ばれるが、湾曲した樹木でできたその天蓋が樽の箍《チェルキ》に似ているのがその名の由来だ。

シエナは入口へ急ぎ、仄暗《ほのぐら》い通路をのぞいた。すぐに振り向いて笑顔を見せる。

「これならましね」

シエナはためらいもせずに入口をすり抜け、木々のあいだを突っ切っていった。

フィレンツェでラ・チェルキアータほど心の和む場所はまずない、とラングドンはつねづね思っていた。しかしきょうは、シエナが暗い散歩道の奥に消えるのを見て、ギリシャの素潜り漁師が珊瑚《さんご》の洞穴で出口に着けるよう祈る話をまた思い出した。

自分もささやかな祈りのことばをすばやくつぶやいてから、ラングドンは足早にシエナのあとを追った。

半マイル離れた美術学校の外では、ブリューダー隊長が氷の視線で道を空けさせながら、警官と学生が作る喧騒《けんそう》のなかを大股《おおまた》で突き進んでいた。配下の監視技術員によって黒いバンのボンネットに設けられた仮の指揮所まで歩いていく。

「空撮機からです」そう言って、技術員がタブレット端末を渡す。「二、三分前に撮影したものです」

ブリューダーは静止画像をつぎつぎと見ていき、ふたつの顔が映るぼやけた拡大画像で止めた。黒っぽい髪の男と金髪のポニーテールの女。木陰に身を寄せ、樹冠越しに上空をうかがっている。

ロバート・ラングドン。

シエナ・ブルックス。

まちがいない。

ブリューダーはボンネットにひろげたボーボリ庭園の地図に注意を向けた。向こうの失策だな、と思いながら、庭園の配置を見る。広大かつ複雑で、隠れる場所に事欠かないが、どうやら周囲を高い塀で囲まれているらしい。戦場には包囲殲滅《せんめつ》に適した空間があり、ブリューダー自身もかつて見たことがあるが、ボーボリ庭園はまさにそんな空間だった。

けっして逃げられない。

「地元警察がすべての出口を封鎖しています」部下が言う。「これからいっせいに捜索します」

「報告を絶やすな」ブリューダーは言った。

ゆっくりと目をあげて、防弾仕様のフロントガラスをのぞく。窓越しに、後部座席にすわる銀髪の女が見えた。

薬を投与されて感覚が明らかに——ブリューダーが予想した以上に——鈍っているらしい。とはいえ、女が現況をいまも正確に理解していることは、目に浮かぶ恐怖の色から見てとれた。

明るい表情ではないな、とブリューダーは思った。まあ、それも当然だが。

26

水柱が二十フィートの高さまで噴きあげている。

穏やかに落下する水しぶきを見て、ラングドンはそろそろ着くころだと思った。コルクラ・チェルキアータの緑のトンネルを出てから、開けた芝地を走って横切り、コルクガシの林へ飛びこんだ。いま見ているのはボーボリ庭園で最も有名な噴水池で、ストルド・ロレンツィの作とされる、三叉《さんさ》の槍《やり》を握るネプチューン像が据えられている。不届きにも地元の人々から〝フォークの噴水〟と呼ばれるこの場所は、庭園の中心部と見なされている。

シエナが木立の端で立ち止まり、枝葉越しに空を見あげた。「偵察機が見えない」その音も聞こえなかった。何しろ噴水の音がかなり大きい。

「きっと燃料切れね」シエナは言った。「いまのうちよ。どっちなの?」

ラングドンが左へ案内し、ふたりは急坂をくだりはじめた。木立を抜けると、ピッティ宮殿が見えてきた。

「こぢんまりとしたかわいらしい家ね」シエナはささやいた。

「メディチ家に似合いの控えめな表現だな」ラングドンはひねくれた物言いで返した。

まだ四分の一マイルほどあるが、ピッティ宮殿の石造りの建物は左右にひろがってあたりの風景を圧していた。ふくらみを持たせた粗面仕上げの石壁が建物に確たる威厳を与え、鎧窓《よろいまど》と半円形の明かりとりがずらりと並ぶさまも、いかめしさをいっそう際立たせている。古来、格式の高い館はだれもが仰ぎ見るべく高台に建てられるものだった。ところがピッティ宮殿はアルノ川沿いの低い谷にあるので、ボーボリ庭園からは宮殿を見おろすことになる。

これはむしろ劇的な効果を生んだ。ある建築家はこの宮殿を、自然そのものが造形したように見えると評した。まるで、山崩れで長い急斜面を転がり落ちた大量の岩が、谷底で積み重なって高雅な要塞《ようさい》の形になったかのようだ、と。守りに向かない低地にあるにもかかわらず、堅牢《けんろう》な石造りのピッティ宮殿は威風堂々とし、かつてナポレオンがフィレンツェ滞在中に拠点としたほどだった。

「見て」シエナがいちばん近い扉を指した。「よかった」

ラングドンにもそれは見えていた。こんな異様な朝には、何よりありがたいのは宮殿そのもののながめではなく、建物から下の庭園へあふれ出る観光客の姿だった。宮殿が開館しているのなら、自分たちもなんの問題もなく建物にはいって中を抜け、庭園から脱出できる。ひとたび宮殿を出れば、右手にアルノ川、その向こうに旧市街の尖塔群《せんとうぐん》が見えるのを、ラングドンは知っていた。

ふたりは休みなく進み、半ば走るように急勾配《きゅうこうばい》の土手をおりた。その途中で野外劇場を突っ切っていく。それは丘の斜面を利用した馬蹄《ばてい》形の劇場で、歴史上初のオペラが演じられた場所だ。そこを抜けて、ラムセス二世のオベリスクと、その下に据えられた不運な〝芸術作品〟の前を通った。ガイドブックによると、それは〝ローマのカラカラ浴場から運ばれた石の大水盤〟らしいが、ラングドンにはそれが本来の姿どおりにしか見えなかった――世界最大のバスタブだ。こんなものはどこかへ移さなくてはだめだ。

ついに宮殿の裏側へ着いた。歩をゆるめて静かに歩き、朝一番の観光客たちの群れにひそかにまぎれこむ。人の流れに逆らってせまい通路をくだり、中庭《コルティーレ》に出た。人々が椅子に腰かけて、施設内のコーヒースタンドで求めた朝のエスプレッソを楽しんでいる。挽《ひ》きたてのコーヒーの香りがあたりを満たし、ラングドンはいますぐすわってまともな朝食を存分に味わいたいという衝動に駆られた。きょうは無理だ、と思って先を急ぐ。石畳の広い通路にはいり、その先の正面扉へ向かった。

扉に近づくと、詰めかけた観光客に行く手がふさがれていた。外の様子を見ようと正面に集まってきたらしい。ラングドンは人垣の隙間から宮殿前の広場をのぞいた。

記憶にあるとおり、ピッティ宮殿の大玄関口は殺伐としてそっけなかった。前方にあるのは手入れの行き届いた芝生や庭園ではなく、敷石舗装の広大な前庭だった。それが丘全体にひろがってグイッチャルディーニ大通りまでつづいているさまは、舗装された巨大なゲレンデを思わせる。

丘の裾《すそ》を見て、見物人の群がる理由がわかった。

ピッティ広場に、五、六台の警察車両が押し寄せている。警官の一団が丘をのぼってきて、銃をホルスターから出し、散開して宮殿の前を封鎖した。

27

警察がピッティ宮殿に踏みこんだとき、シエナとラングドンはすでに移動し、宮殿内を逆もどりして追っ手から逃げているところだった。中庭を突っ切って、コーヒースタンドの前を通り過ぎる。ざわめきがひろがり、観光客が騒ぎのもとを見つけようとあたりを見まわしていた。

当局がこれほど迅速に探しあてたことに、シエナは驚いていた。偵察機がいなくなったのは、自分たちをもう見つけたからにちがいない。

ふたりは庭園から来たときのせまい通路を見つけ、迷わず飛びこんで階段を駆けあがった。階段は突きあたりで左に折れ、その先は高い擁壁がつづいている。それに沿って走るうちに壁が低くなり、やがて壁越しに広々としたボーボリ庭園を見渡せるまでになった。

ラングドンはとっさにシエナの腕をつかんで引きもどし、かがんで擁壁に隠れた。シエナにも外が見えていた。

三百ヤード離れた野外劇場の斜面を警官が続々とおりてきて、木立を探り、観光客に聞きこみをおこない、携帯無線機で交信している。

追いつめられた！

ロバート・ラングドンにはじめて会ったとき、こうした事態になることをシエナはまったく予想していなかった。こんなはずじゃなかったのに。いっしょに病院を出たのは、銃を持ったスパイクヘアの女から逃げるためだった。そしていま、兵士の大部隊とイタリアの当局から逃げている。脱出できる見込みはないに等しい。

「ほかに出口はないの？」息を切らしながらシエナは訊《き》いた。

「ないと思う」ラングドンが言った。「この庭園は城塞《じょうさい》都市だ。ちょうど……」急にことばを切り、東の方角を見る。「ちょうど……ヴァチカンと同じだ」奇妙な希望の光が顔をよぎった。

ヴァチカンがいまの窮状とどう関係があるのか、シエナには見当もつかなかったが、ラングドンはにわかにうなずきはじめ、東の宮殿裏に目を向けている。

「一か八《ばち》かだが」ラングドンはついてくるようシエナを急《せ》かした。「別の逃げ道があるかもしれない」

突然、ふたつの人影が擁壁の角を曲がって現れ、シエナとラングドンにぶつかりそうになった。どちらも黒い服を着た男で、恐怖の一瞬、シエナはアパートメントの近くで見た兵士かと思った。しかし、すれちがったとき、ただの観光客だとわかった——黒革に身を包んだ粋《いき》な装いからすると、たぶんイタリア人だろう。

一計を思いついたシエナはそのうちのひとりの腕にふれ、つとめて愛想よく微笑みかけた。「衣装博物館の場所を教えてくれませんか？《ミ・プオ・ディーレ・ドヴェ・ラ・ガレリア・デル・コストゥーメ》」イタリア語で口早に尋ねる。「わたしと兄は見学ツアーに遅れてしまったんです《イーオ・エ・ミーオ・フラテッロ・シアーモ・イン・リタルド・ペル・ウナ・ヴィズィタ・プリヴァータ》」

「いいですとも！《チェルト》」親切な人物らしく、その男はシエナとラングドンの両方に大きな笑みを向けた。「まっすぐこの小道を行ってください！《プロセグイーテ・ドリット・ペル・イル・センティエーロ》」振り向いて、擁壁沿いに西を指さした。ラングドンが何を見ていたにせよ、それとは正反対の方角だ。

「どうもありがとう《モルテ・グラッツィエ》」シエナがうれしそうに言ってもう一度笑顔を見せると、ふたりの男は立ち去った。

シエナの意図を察したらしく、ラングドンは感心したように大きくうなずいた。警察が観光客に聞きこみをつづければ、ラングドンとシエナが衣装博物館へ向かったという情報をつかむかもしれない。そばの壁にあった見取り図によると、博物館は宮殿の西端……ふたりがこれから行く方向とはまったく逆だった。

「向こうのあの小道まで行こう」ラングドンはそう言って、見通しのよい広場の先を手で示した。もうひとつ丘があり、そこをくだりながら宮殿から離れていく散歩道が見える。豆石敷きの散歩道の頂上側には立派な生け垣が壁を作っていて、いまや丘をくだってここからわずか百ヤードのところまで迫っている警官たちに対して、恰好《かっこう》の目隠しになる。

シエナの読みでは、その広場を通って小道に隠れられる見込みはごく小さかった。広場に観光客が集まってきて、警察の動きを興味津々に見守っている。偵察機のかすかなうなりが遠くからまた聞こえ、しだいに近づいてきた。

「いましかない」ラングドンはシエナの手をつかんで広場へ連れ出し、群がる観光客のあいだを縫って進みはじめた。シエナはつい走りそうになったが、ラングドンがその腕をしっかりと押さえ、足早に、しかし沈着に、人だかりを通り抜けていった。

ついに小道の入口に着くと、シエナは振り返り、気づかれたかどうかをたしかめた。見えるところにいる警官はみな別の方角を向き、接近する偵察機の音につられて空を仰いでいる。

シエナは前を向き、ラングドンとともに小道を急いだ。

遠く正面に、木々の上に突き出たフィレンツェ旧市街の輪郭が見えてくる。大聖堂《ドゥオーモ》の赤い瓦《かわら》の丸屋根や、緑と赤と白のジョットの鐘楼が目にはいった。たどり着けるとは思えないが、ヴェッキオ宮殿の狭間《はざま》胸壁のある塔もすぐに見分けがついた。けれども、小道をくだるにつれ、高い外壁が視界をさえぎって、ふたたびふたりを呑《の》みこんだ。

丘の裾に着くころには息があがり、ほんとうにラングドンは行き先をわかっているのか、とシエナは不安になった。このまま進めば迷路の庭に突きあたるが、ラングドンはためらう様子もなく左へ折れ、小石敷きのパティオへ向かう。そして中までは行かず、張り出した木々が影を作る、生け垣の外側を進んでいく。パティオは閑散として、観光場所というより職員の駐車場に近かった。

「どこへ行くの？」シエナは息を切らしながら、尋ねずにはいられなかった。

「もうすぐだ」

もうすぐ、どこへ？　パティオ全体は、少なくとも三階建ての高さがある壁に囲まれていた。見たところ、唯一の逃げ道は左手にある車両用の出入口だが、そこも、略奪が横行していた往古の宮殿のころからありそうな、頑丈な錬鉄の格子柵《さく》でふさがれている。柵の向こうのピッティ広場には、警察が集結していた。

ラングドンはそのまま外壁の植栽に沿って歩き、前方の壁へと直進していく。どこかに抜け道でもあるのかとシエナは壁面に目を走らせたが、見えたのは壁沿いに据えられた彫像だけで、その彫像というのが、いまだかつて見たことがないほど趣味の悪い代物だった。

　メディチ家ならどんな作品だって手に入れられたのに、なぜよりによってこれを？ 肥えた裸の小男が大きな亀にまたがっている像だ。小男の睾丸《こうがん》が亀の甲羅にあたって押しつぶされ、気分でも悪いのか、亀の口からは水がしたたり落ちている。

「わかっている」ラングドンが歩みを止めずに言う。「それはブラッチョ・ディ・バルトロ——宮廷でもてはやされた小男だ。わたしに言わせれば、あの巨大なバスタブにぶちこんでおくべきだな」

　そして大きく右へ曲がり、それまでシエナには見えなかった階段をおりていった。

　出口？

　希望の光が差したのもつかの間だった。

　角を曲がってラングドンのあとから階段を駆けおりるや、その先が行き止まりだと気づいた——ほかの倍の高さの壁が立ちはだかっている。

　そしてさらに、シエナは感じとった。長い旅路が、ぽっかり口をあけた洞窟《どうくつ》の手前で終わろうとしている。壁に奥深く掘られた洞窟だ。ここが目的地のはずがない！

　大きくあいた入口の上に短剣のような鍾乳石《しょうにゅうせき》が並んで見え、薄気味悪く迫ってくる。

うつろな穴の奥では、鉱物を含むらしい液体がにじみ出て、壁をうねうねと伝いながらしたたり、まるで石が溶けているかのようだ。それがさまざまに変形し、恐ろしいことに、壁から半分突き出た人間もどきが石に食われているように見える。全体のありさまは、ボッティチェルリの〈地獄の見取り図〉を思い起こさせた。

どういうわけか、ラングドンは平然とした様子で、洞窟の入口へ脇目も振らずに進んでいく。さっきラングドンがヴァチカン市国の例を持ち出したが、教皇庁の壁に奇怪な洞窟などないはずだと、シエナは思った。

さらに近づくと、入口の上の長い水平部分《エンタブレチュア》へシエナの視線は移った――鍾乳石やでたらめに突き出た石が不気味に入り混じり、二体の女の坐像《ざぞう》を呑みこまんばかりだ。坐像のあいだにある盾には六個の球《パッレ》が埋めこまれている。よく知られたメディチ家の紋章だった。

やにわにラングドンが入口を避けて左へそれ、シエナがいままで見逃していたもの――洞窟の左にある小さな灰色のドアへ向かった。古びた木のドアで、たいした役目があるようには見えない。物置きか、造園用具の保管場所だろう。

ドアをあけようと、ラングドンが期待もあらわに駆け寄ったが、そこには取っ手がなく、真鍮《しんちゅう》の鍵穴《かぎあな》があるだけだった。どうやら内側からしかあかないらしい。

「くそっ」ラングドンの目は不安に彩られ、さっきまでの希望の色は消えかけていた。

「うまくいくと思ったんだが――」

なんの前ぶれもなく、偵察機のうなりが静寂を破り、まわりの高い壁にあたって大きく響いた。シエナが振り向くと、宮殿の上空にあがった偵察機がこちらへ向かっていた。

ラングドンもそれを見たにちがいなく、シエナの手をつかんで洞窟へ走った。鍾乳石が垂れさがる洞窟に、ふたりは間一髪で身を隠した。

おあつらえ向きの結末ね、とシエナは思った。地獄の門に駆けこむなんて。

28

その四分の一マイル東では、ヴァエンサがちょうどオートバイを停めたところだった。グラッツィエ橋を通って旧市街へはいり、ひとまわりして着いたのがヴェッキオ橋――ピッティ宮殿と旧市街をつなぐ有名な人道橋だった。ヘルメットをオートバイに固定したあと、橋まで歩いて早朝の観光客の群れにまぎれこんだ。

川面《かわも》に吹きつける三月の冷たい風に短いスパイクヘアをなぶられながら、ヴァエンサは自分の姿をもうラングドンに知られていることに思い至った。橋にずらりと並ぶ露店のひとつに立ち寄り、〝フィレンツェ大好き《アーモ・フィレンツェ》〟の文字がはいった野球帽を買い求めて、それを目深にかぶった。

レザースーツをなでて拳銃《けんじゅう》のふくらみをならしてから、橋の真ん中あたりに陣どり、さりげなく柱に寄りかかってピッティ宮殿のほうを向いた。ここからなら、アルノ川を渡ってフィレンツェの中心部へはいっていく歩行者すべてに目を配ることができる。

ラングドンは徒歩だ、とヴァエンサは自分に言い聞かせた。ロマーナ門を迂回《うかい》するなら、旧市街へはこの橋を通って向かうと考えるのが、いちばん理にかなっている。

西のピッティ宮殿のあたりからサイレンの音が聞こえ、ヴァエンサはそれが吉報なのか凶報なのかと考えた。まだ捜索中だろうか。それとも確保したのか。現状の手がかりをつかめないかと耳を澄ましていると、突然、別の音が聞こえた――上のほうから甲高い音が響いてくる。とっさに目を空へ向け、すぐにそれを見つけた。小さなラジコンヘリコプターが宮殿の上空へ急上昇し、梢《こずえ》の上をボーボリ庭園のほうへ飛んでいく。

無人偵察機だと思い、希望に胸が躍った。あれが飛んでいるのなら、ブリューダーはまだラングドンを見つけていない。

偵察機が急速に近づいてくる。庭園の北東の一角を探っているらしいが、そのあたりはいまいるヴェッキオ橋に最も近く、ヴァエンサはいっそう元気づけられた。

ブリューダーを撒《ま》いたら、ラングドンはかならずこちらへ来る。

ところが、ヴァエンサが見守っていると、偵察機は高い石塀の向こうへ急におりて視界から消えた。木立の下あたりでホバリングをしている音が聞こえる……何かを見つけたらしい。

29

尋ねよ、さらば見いださん。それを思い出しながら、ラングドンはシエナとともに薄暗い洞窟にうずくまった。出口を尋ね求めたものの……見いだしたのは行き止まりだった。

中央の噴水盤らしきものはよい隠れ場所だが、その陰から外をのぞけば、遅きに失したとわかる。

壁がそびえる広場にちょうど偵察機がおりてきて、洞窟の外で急に動きを止めた。地上からわずか十フィートのところでホバリングし、興奮した昆虫か何かのように、洞窟に向かって激しく羽音を立てて……獲物を待ち構えている。

ラングドンは体を引き、シエナにこの悪い知らせをささやいた。「居場所を悟られたらしい」

偵察機の甲高い音が石壁に鋭く反響し、耳を聾《ろう》せんばかりの騒音が洞窟内に鳴り渡っている。小型ヘリコプターに拘束されることはなさそうだが、振りきって逃げるのも無駄だとわかっていた。では、どうすればいい？　ひたすら待つのか？　小さな灰色のドアを通って出るというはじめの計画は理にかなっていたが、あいにくドアが内側からしか開かないのは知らなかった。

洞窟の暗さに目が慣れてきたので、別の出口がないかと周囲の奇妙な壁を観察した。それらしきものは見あたらない。中は動物や人間の彫像で飾られているが、程度の差こそあれ、ぬめりのある異様な壁にどれも呑《の》みこまれている。ラングドンは力なく天井へ目をやり、頭上に垂れさがる不気味な鍾乳石を見た。

なかなかの死に場所だ。

ブオンタレンティの洞窟――設計者のベルナルド・ブオンタレンティにちなんでそう呼ばれている。フィレンツェじゅうを探しても、これほど風変わりな場所はおそらくないだろう。ここはピッティ宮殿を訪れた子供たち向けの、いわばお化け屋敷として造られた。ひとつづきの三つの岩屋で構成され、自然主義的な幻想と過剰なゴシック様式の入り混じった装飾が施されている。したたり落ちる凝固物、流れ出す軽石。そんなふうに見えるものを使って、幾多の彫像が呑みこまれているようにも、逆に浮き出しているようにも見せかけている。メディチ家の時代には、内壁に水が伝い落ちるようになっていて、トスカーナの暑い夏の涼みどころになりつつ、本物の洞窟としての効果ももたらすという、ふたつの役割を果たしていた。

ラングドンとシエナが隠れたのは手前のいちばん大きな岩屋で、中央の噴水盤もどきの後ろだった。周囲には、羊飼い、農民、楽師、動物などさまざまな像が配され、ミケランジェロの〈四人の囚人〉の複製まである。どれもが、液状の岩に呑みこまれまいともがいているかのようだ。はるか上のほうから、天井の窓を通して朝の光が差していた。かつては窓の位置に巨大なガラス鉢が据えられ、中で真っ赤な鯉が日の光を浴びて泳いでいたという。

ここを訪れたルネッサンス時代の人が、洞窟《どうくつ》の外でホバリング中の本物のヘリコプターを見たら――イタリアの同時代人レオナルド・ダ・ヴィンチの途方もない夢を目のあたりにしたら――どう反応するだろう、とラングドンは夢想した。

偵察機のけたたましい音がやんだのはそのときだった。音が遠ざかったのではなく……突然消えた。

不思議に思ったラングドンが噴水盤の後ろから様子をうかがうと、ヘリコプターが着陸していた。いまは小石敷きの広場に静止していて、さほど物騒な気配はない。機体前方に突き出した毒針のようなビデオレンズが、こちらではなく、小さな灰色のドアに向けられていたので、なおさらそう感じた。

ラングドンが安堵《あんど》したのもつかの間だった。偵察機の百ヤード後方、小男と亀の彫像のあたりから、三人の重装備の兵士が決然とした足どりで階段をおり、まっすぐ洞窟へ向かってきた。

肩に緑の円形の徽章《きしょう》がついた、見覚えのある黒い制服を着ている。先頭の屈強な体つきの男の感情を宿さない目は、幻覚で見た疫病医の仮面を思い起こさせた。

わたしは死。

わたしは生《せい》。

バンと謎の銀髪の女はどこにも見あたらなかった。

来る途中で兵士のひとりが階段の下で立ち止まり、後ろを向いた。ほかの人間がここへおりてくるのを阻止するためらしい。あとのふたりはそのまま洞窟へ近づいてきた。

ラングドンとシエナは急いで移動を再開し――避けられぬ結末が訪れるのを遅らせるだけかもしれないが――ふたつ目の岩屋へ這《は》ってあとずさった。そこは最初の岩屋よりせまくて奥が深く、暗かった。ここにも中央に鎮座する作品があり――こんどはからみ合うふたりの恋人たちだ――その後ろにラングドンとシエナはあらためて隠れた。

暗がりに身をひそめたラングドンは、台座からそっと顔を出して敵の接近を見守った。ふたりの兵士が偵察機のそばまで来たあと、一方が足を止めてしゃがみ、機体の様子を見た。持ちあげてカメラを点検している。

あのカメラに写っているのだろうか、とラングドンは思ったが、答を知るのがこわかった。

最後のひとり、冷たい目の屈強な兵士が、ラングドンのいるほうへ氷の視線を据えながら歩いてきた。洞窟の入口付近まで近づく。はいってくるぞ。ラングドンは彫像の後ろに顔をもどし、もはや一巻の終わりだとシエナに告げようとしたが、その瞬間、予想外のものを目にした。

その兵士は洞窟にはいらず、突然左へそれて視界から消えた。

どこへ行くんだ？　ここにいるのを知らないのか？

しばらくして、何かを叩《たた》く音が聞こえた――こぶしで木を打つ音だ。

あの小さな灰色のドアだ、とラングドンは思った。どこへ通じているかを知っているにちがいない。


ピッティ宮殿の警備員エルネスト・ルッソは、欧州サッカー連盟の大会でプレーしたいとずっと願っていたが、二十九歳の肥満体となったいま、子供時代の夢がけっしてかなわないことをようやく認めはじめていた。このピッティ宮殿で警備の仕事に就いてから三年が経つ。いつも同じ物置き部屋並みにせまい職場で、いつも同じ退屈な仕事をしている。

詰め所の外にある小さな灰色のドアを穿鑿《せんさく》好きの観光客がノックすることはよくあったが、たいていはほうっておくと鳴りやむ。だが、きょうの叩き方は激しく、しつこかった。

エルネストは苛立《いらだ》ちながらテレビの画面に目をもどした。サッカーの再放送が大音量で流れている――フィオレンティーナ対ユヴェントス。ノックの音は大きくなる一方だ。エルネストは悪態をつきながら、ようやく詰め所を出てせまい廊下を通り、音のするほうへ向かった。途中の頑丈な鋼鉄の格子扉の前で立ち止まる。特別な時間帯以外はこれが廊下を封じている。

南京錠のダイヤルを合わせて格子扉を解錠し、手前に引いてあけた。通り抜けてから、規則に従って格子扉をふたたび施錠する。それから、灰色の木のドアへ歩いた。

「閉まってますよ！《エ・キウーソ》」外の人間に聞こえるように、エルネストは大声で言った。

「ここはいれません《ノン・スイ・プオ・エントラーレ》」

音はやまない。

エルネストは歯嚙《はが》みした。ヤンキーどもめ。あいつらはやりたい放題だ。ニューヨーク・レッドブルズがサッカーの国際大会で多少とも活躍したのは、ヨーロッパ最高のコーチをただ単にかっさらったからだ。

音はやまず、エルネストはしぶしぶ錠をあけてドアを数インチ押し開いた。

「閉まってますよ《エ・キウーソ》」

音はついにやみ、エルネストはひとりの兵士と顔を突き合わせていた。冷たい目に思わずあとずさりをする。兵士はエルネストの知らない略称が記された身分証を掲げた。

「どうしたんですか《コーザ・スッチェーデ》」エルネストは警戒しながら訊《き》いた。

後ろにもうひとり兵士がいて、かがんでおもちゃのヘリコプターのようなものをいじくっている。さらに離れた階段にも、見張りの兵士がもうひとり。近くで警察のサイレンが響いた。

「英語を話せるか」明らかにニューヨーク訛《なま》りではなかった。ヨーロッパのどこかだろうか。

エルネストはうなずいた。「はい、少し」

「けさ、このドアを通った者はいるか」

「ノ・シニョーレ、だれもいません《ネッスーノ》」

「よろしい。鍵《かぎ》をかけておけ。だれも出入りさせないように。わかったな」

エルネストは肩をすくめた。どのみちそれが自分の仕事だ。「はい《スィ》、わかりました。だれもはいってはいけないし、出てもいけない《ノン・デヴェ・エントラーレ・ネ・ウッシーレ・ネッスーノ》」

「ひとつ尋ねるが、入口はこのドアだけか」

エルネストは一考した。正確には、現在このドアは出口として使われていて、だからこそ外側の取っ手がないのだが、相手の言わんとすることはわかった。「はい。入《ラッチ》口《エッソ》このドアだけ。ほかはないです」宮殿内の本来の入口は長年にわたって閉鎖されている。

「それから、ボーボリ庭園には、隠された出口がほかにないか。昔からある門以外に」

「ノ・シニョーレ。大きな塀どこにでもある。秘密の出口ここだけ」

男はうなずいた。「協力に感謝する」ドアを閉めて鍵をかけるようにと、エルネストに身ぶりで促す。

とまどいながらもエルネストは従った。それから廊下を引き返して鉄の格子扉を解錠し、通り抜け、ふたたび施錠し、サッカーの試合観戦にもどった。

30

ラングドンとシエナは好機を逃さなかった。

筋骨たくましい兵士がドアを叩いている隙に、ふたりは洞窟《どうくつ》の奥へさらに這《は》い進み、最後の岩屋で体をまるめた。小さな空間には、粗ごしらえのモザイク画やサテュロス像がいくつも飾られていた。中央にあるのは〈水浴びするヴィーナス〉の等身大の彫像で、この場にふさわしく、不安げに後ろを見やっている。

ふたりはヴィーナス像の小さな台座の奥に隠れて待った。後ろを見たところ、小さな球が集まったような形の石筍《せきじゅん》が洞窟の最奥の壁を這いのぼっている。

「全出口の封鎖を確認！」外のどこかで兵士が叫ぶ。かすかに訛《なま》りがあるが、どこのものかはわからない。「偵察機を上空にもどせ。わたしはこの洞窟を調べる」

ラングドンは隣のシエナの体がこわばるのを感じた。

数秒後、洞窟のなかへ踏みこむ重い靴音が聞こえた。足音は第一の岩屋をすばやく抜けたあと、しだいに大きくなりながら第二の岩屋にはいり、まっすぐこちらへ向かってくる。

ふたりは体を寄せ合った。

「おーい！」遠くで別の声が叫んだ。「居場所がわかりました！」

とたんに足音が止まった。

だれかが歩道の敷石を踏みながら洞窟のほうへ走ってくる大きな足音が聞こえた。「捜索対象にまちがいありません！」息を切らして断言している。「ふたりの観光客から聞き出したところです。少し前に、例の男女が衣装博物館への行き方を尋ねたそうで……博物館は宮殿の西のはずれです」

ラングドンが隣を見ると、シエナはほくそ笑んでいるようだった。

その兵士は息を整えてから、こうつづけた。「西の出口は最初に封鎖しました……ですから、対象を庭園内に閉じこめたのは確実です」

「任務を遂行しろ」近いほうの男が言った。「成功したら、ただちに知らせるように」

あわただしく立ち去る足音と、偵察機がふたたび飛び立つ音が聞こえ、そして、ありがたいことに……物音ひとつしなくなった。

ラングドンは台座の向こうを見るために身をよじろうとしたが、シエナに腕をつかまれて制止された。シエナは唇に指をあて、奥の壁にかすかに映る人影を顎《あご》で示した。リーダー格の兵士が、まだ洞窟の入口で静かに立っている。

何をぐずぐずしているんだ！

「ブリューダーです」男が突然言った。「ふたりを追いつめました。まもなく確実な情報をお伝えできるはずです」

男は電話をかけていたが、その声は仰天するほど近く、まるですぐ隣に本人が立っているかのように聞こえた。洞窟がパラボラ型集音マイクのように作用して、すべての音を集めて奥に届けている。

「もうひとつあります」ブリューダーと名乗った男は言った。「情報解析の担当者から報告がありました。女のアパートメントは又貸し物件のようです。居抜きで貸されています。まちがいなく短期滞在ですね。バイオチューブは発見しましたが、プロジェクターはありませんでした。繰り返しますが、プロジェクターはありませんでした。

まだラングドンが所持していると思われます」

男が自分の名前を口にするのを聞き、ラングドンは背筋が寒くなった。靴音が大きくなり、中にやってくるのがわかる。歩調に先刻の勢いはなく、電話をかけながら、足の向くままに見てまわっているように感じられる。

「そうです。われわれがアパートメントに突入する直前に、電話を一本かけていたことも確認できました」

アメリカ領事館だ。電話でのやりとりと、直後に現れたスパイクヘアの殺し屋を、ラングドンは思い出した。あの女はいなくなったようだが、代わりに精鋭兵士の大部隊が現れた。

どこまで行っても追っ手から逃れられない。

石の床を踏む兵士の靴音が、いまはほんの二十フィートぐらいの距離から聞こえ、さらに近づいてきた。第二の岩屋にはいった男が奥まで進めば、ヴィーナスの小さな台座の裏でうずくまるふたりが見つかるのは確実だった。

「シエナ・ブルックス」男が突然はっきりと言い、ことばが響き渡った。

自分を見おろす兵士の姿を想像したのか、驚いたシエナがラングドンの横でおずおずと視線をあげる。しかし、そこにはだれもいなかった。

「いま、その女のノートパソコンを調べさせています」およそ十フィートの距離から声が聞こえる。「まだ報告はありませんが、ラングドンがハーヴァードのEメールアカウントにアクセスしたときに、われわれが追跡して特定したパソコンにまちがいありません」

それを聞いたとたん、シエナが信じられないと言いたげな顔でラングドンのほうを向き、茫然《ぼうぜん》と見つめた。ショックを受けた表情が……裏切られたと言わんばかりの表情に変わる。

ラングドンも同じくらい愕然《がくぜん》としていた。そこから居場所を突き止めたのか！　あのときは考えも及ばなかった。情報がほしかっただけなのに！　謝罪の気持ちを伝える間もなく、シエナは表情を消して顔をそむけた。

「そのとおりです」男は第三の岩屋の口に着き、距離はわずか六フィートに縮まった。あと二歩で、こんどこそ見つかる。

「まったくです」男が言いきり、一歩踏み出す。そこでにわかに立ち止まった。「少し待ってください」

ラングドンは凍りつき、見つかるのを覚悟した。

「待ってください。よく聞こえなくて」兵士は第二の岩屋へと数歩引き返した。「電波の状態が悪いんです。つづきをどうぞ……」しばし耳を澄ましてから答えた。「それはそうですが、少なくともだれを相手にしているのかはわかっています」

そのことばとともに足音は洞窟から遠ざかり、小石敷きの広場を過ぎて、やがてまったく聞こえなくなった。

ラングドンが肩の力を抜いてシエナを見ると、その目には、恐怖と怒りの入り混じった炎が宿っていた。

「わたしのノートパソコンを使ったの？」シエナが問いつめる。「自分のＥメールをチェックするために」

「すまない……きみならわかってくれると思ったんだ。調べたいことが――」

「だから見つかったのよ！　あげくにわたしの名前まで知られた！」

「悪かったよ、シエナ。こんなことになるとは……」ラングドンは自責の念に苛《さいな》まれた。

シエナは顔をそむけ、奥の壁にある球根状の石筍をぼんやり見つめている。一分近く、どちらも無言だった。机には個人的な品も置いてあったのを、シエナは思い出しただろうかと、ラングドンは気にしていた。〈真夏の夜の夢〉のプログラム、神童として採りあげられた新聞記事の切り抜き。あれも見られたと思っているのだろうか。

もしそうだとしても、シエナからの問いかけはない。すでにじゅうぶん迷惑をかけているので、ラングドンのほうから言い出す気にはなれなかった。

「わたしの名前を知られた」かろうじて聞きとれるほどのか細い声で、シエナはまた言った。それから十秒以上のあいだ、新たな現実を受け入れようとするかのように、ゆっくり呼吸した。シエナの決意がしだいに固まりつつあるのをラングドンは感じとった。

だしぬけに、シエナは勢いよく立ちあがった。「行かないと。わたしたちが衣装博物館にいないのがわかるまで、そう長くかからない」

ラングドンも立ちあがった。「そうだな。でも……どこへ？」

「ヴァチカン市国ね」

「なんだって？」

「さっきあなたが言ってたことがようやくわかった……ヴァチカンにもボーボリ庭園にもあるもの。それは――」シエナは小さな灰色のドアがあるほうを手で示した。

「あの入口。そうでしょう？」

ラングドンはあいまいにうなずいた。「実を言うとあれは出口なんだが、試す価値はあると思ったんだ。あいにく通れそうもないが」警備員と兵士のやりとりを聞いていたので、そのドアが使えないのは知っていた。

「でも、もし通れたら」シエナの声にわずかな茶目っ気がもどっている。「どういうことになるかわかる？」こんどはかすかな笑みが口の端に浮かんだ。「あなたとわたしは、一日に二度もルネッサンスの同じ芸術家に助けられるということよ」

ラングドンもこれには笑いを漏らさずにはいられなかった。少し前に自分も同じことを考えていたからだ。「ヴァザーリ、ヴァザーリ、か」

シエナが大きく顔をほころばせたので、少なくともいまのところは許してもらえたとラングドンは感じた。「きっと天の知らせね」半ば本気の様子でシエナが言う。「あのドアを通らなくちゃ」

「わかった……で、警備員の前を堂々と通り過ぎるのかい」

シエナは指の関節を鳴らして洞窟《どうくつ》を出た。「いいえ、ちょっと話をするの」ラングドンを振り返ったその目には、輝きがもどっている。「まかせて、教授。わたし、必要に迫られるとすごく口がうまくなるの」

小さな灰色のドアを叩《たた》く音がまた響きはじめた。

はっきりと、容赦なく。

警備員のエルネスト・ルッソは苛立《いらだ》たしげにうなった。冷たい目の妙な兵士がまた来たのだろうが、これ以上ないほど間が悪い。放映中のサッカーの試合は延長戦にはいり、フィオレンティーナが退場選手をひとり出して、きわどい局面を迎えていた。

叩く音はまだつづいている。

エルネストはばかではない。けさ外で何かの騒ぎが生じたのはわかっている――サイレンやら兵士やらがその証《あかし》だ。けれども、エルネストは自分に直接関係のない問題にはけっして首を突っこまない人間だった。

他人事に気をまわすのはばかげている。《パッツオ・エ・コルーイ・ケ・バーダ・アイ・ファッティ・アルトルーイ》

とはいえ、あの男はどう見ても重要人物だから、無視するのはまずいだろう。近ごろのイタリアでは、たとえつまらない仕事でも、職を見つけるのは容易ではない。試合を最後にもう一度横目で見て、エルネストは叩かれつづけているドアへ向かった。

せまい部屋に一日じゅうすわってテレビを見ているだけで給料をもらえることが、エルネストにはいまだに信じられなかった。だいたい一日に二回、お偉方がツアーを組み、ウフィッィ美術館からはるばる足を運んで、ここの前までやってくる。エルネストは挨拶《あいさつ》をして鉄の格子扉を解錠し、この小さな灰色のドアを通らせて、ツアーの最終目的地であるボーボリ庭園へ行けるようにしてやるわけだ。

いっそう激しく叩く音を聞きながら、エルネストは鉄の格子扉をあけて通り、それから閉めて施錠した。

「はい？《スィ》」叩く音に負けじと声を張りあげ、灰色のドアへ急いだ。

返事はない。まだ叩いている。

やれやれ！《インソンマ》　どうせさっきと同じ冷たい目に見つめられるのだろうと思いながら、ようやく錠をはずしてドアを手前に引いた。

ところが、戸口に現れたのははるかに魅力的な顔だった。

「チャオ」金髪美人がにこやかに微笑んでいる。たたんだ紙をその女が差し出したので、エルネストは何も考えず、手を伸ばして受けとった。それがただの紙くずだとわかった瞬間、女が華奢《きゃしゃ》な両手でエルネストの手首をつかみ、手のひらのすぐ下、手根骨のあたりに自分の親指をめりこませた。

エルネストはナイフで手首を切り落とされたように感じた。突き抜ける痛みのあとに、感電したようなしびれが来る。女が足を踏み出すと、圧する力が急激に増し、痛みのサイクルがもう一度繰り返された。エルネストはあとずさって腕を振りほどこうとしたが、脚がしびれて曲がり、思わず膝《ひざ》を突いた。

そのあとの出来事も一瞬だった。

黒っぽいスーツを着た長身の男が戸口に現れ、中へ体を滑りこませてすばやく灰色のドアを閉めた。エルネストは無線機に手を伸ばしたが、柔らかな手に首の後ろを一度つかまれると筋肉が硬直した。息が切れて、思わずあえぐ。女が無線機をとったちょうどそのとき、長身の男が近づいてきた。エルネストに劣らず、女の行動に驚いている様子だ。

「経穴よ」金髪女が長身の男に事もなげに言う。「中国に伝わる体の急所。三千年も受け継がれてきただけはある」

男が驚いて見つめる。

「痛めつけたくはないのよ《ノン・ヴォリヤーモ・ファルティ・デル・マーレ》」女はエルネストにささやき、首の圧迫をゆるめた。

手の力が弱まったとたんに、エルネストは体をひねって逃げようとしたが、すぐに力が加えられ、ふたたび筋肉が固まった。痛みにあえぎ、息ができないほどだった。

「通りたいんだけど《ドッピアーモ・パッサーレ》」女が鉄の格子扉を手で示したが、エルネストはさいわい鍵《かぎ》をかけておいた。「鍵はどこにあるの？《ドヴェ・ラ・キアーヴェ》」

「持ってない《ノン・チェ・ロ》」エルネストはどうにか答えた。

長身の男がその場を離れて格子扉の前へ行き、仕組みを調べた。「ダイヤル錠だ」女に向かってアメリカ訛《なま》りで言う。

女はエルネストのそばにひざまずき、冷ややかな茶色の目を向けた。「解錠《クワレ・》番号《ラ・コンビナツィオーネ》はいくつ？」詰問する。

「言えない《ノン・ポッソ》」エルネストは答えた。「許可がないと――」

背骨のてっぺんで何かが起こり、全身が脱力するのを感じた。一瞬ののち、エルネストは失神した。

エルネストが正気を取りもどしたとき、数分は朦朧《もうろう》とした状態がつづいていた感覚があった。覚えているのは、いくつかことばを交わしたこと……さらに痛みが加えられたこと……引きずられたこと……そんなところか。すべてがぼやけていた。

頭の靄《もや》が晴れると、奇妙な光景が見えた。靴紐《くつひも》を抜かれた自分の靴が近くの床に転がっている。ろくに身動きができないことに気づいたのはそのときだった。横向きに寝かされ、おそらく自分の靴紐を使って、手足を後ろで縛られている。叫ぼうとしたが、声が出なかった。靴下が口に詰められている。だが、真の恐怖が訪れたのはその直後で、視線をあげたらサッカーの試合を放送しているテレビ画面が見えたときだった。ここは自分の詰め所だ……つまり、格子扉の内側なのか？

廊下を走り去る足音が遠くから聞こえてくる……そして、音はしだいに遠ざかって、静かになった。そんなことはありえない《ノネ・ポッスィービレ》！　どういう手を使ったのかはわからないが、あの金髪女は自分をまるめこんで、この仕事でぜったいにしてはならないことをさせたのだ――名高いヴァザーリ回廊へ通じる入口の解錠番号を漏らすことを。

31

エリザベス・シンスキーは、吐き気とめまいの波が速くなったのを感じた。ピッティ宮殿の正面に停まったバンの後部座席に力なくもたれる。隣にいる兵士は、懸念する様子でそれを見守っていた。

少し前にその兵士の無線機が鳴り――衣装博物館がどうのこうのと話していて――シンスキーは意識の暗闇から引きもどされた。緑の目をした怪物の夢を見ていたところだった。

ニューヨークにある外交問題評議会本部のあの暗い部屋で、自分を呼びつけた得体の知れない人物から、正気とは思えない荒唐無稽《こうとうむけい》な話を聞かされていた。影のようなその男は、部屋の正面をゆっくり歩きまわった。ダンテの〈地獄篇〉から着想を得た、瀕死《ひんし》の人々が裸で群がる凄惨《せいさん》な絵図が映し出され、それを背景にして男の痩身《そうしん》が浮かびあがっている。

「だれかがこの戦いに挑まなくてはならない」男が言った。「さもなければ、これがわれわれの未来になる。数学がそれを裏づけているのだよ。いまや人類は、先送りと優柔不断の煉獄《れんごく》をさまよっている……しかし、そのすぐ足もとでは、地獄の幾層もの圏《たに》がわれわれを一気に呑《の》みこもうと待ち構えている」

たったいま披露された途方もない考えのせいで、シンスキーはまだ動揺していた。いたたまれずに、勢いよく立ちあがる。「あなたが提案しているのは――」

「残された唯一の道だ」男がさえぎって言う。

「そうではなく」シンスキーは言い返した。「〝犯罪〟だと言おうとしたのよ」

男は肩をすくめた。「天国へと至る道は地獄を通っている。ダンテの教えだよ」

「あなたは正気を失っている」

「正気を失っている？」心外だという口ぶりで男はそのまま言った。「このわたしが？　とんでもない。正気を失っているのは、深淵《しんえん》をのぞきながらその存在を否定するＷＨＯのほうだ。正気を失っているのは、ハイエナの群れに囲まれても砂に頭を突っこんだままのダチョウのほうだ」

シンスキーが自分の組織を擁護する間もなく、男はスクリーンの映像を切り替えた。

「ハイエナと言えば」新たな映像を指し示しながら言う。「近ごろ人類を取り囲むようになったハイエナの群れがいて……その輪を縮めている」

見慣れた図表を目にし、シンスキーは驚いた。それは前年にWHOが発表したグラフで、世界の保健衛生にきわめて重大な影響を及ぼすとWHOが見なした、いくつかの重要な環境問題を扱っている。

その一部をあげると、つぎのようになる。

清浄な水の需要、地球の表面温度、オゾン層の減少、海洋資源の消費、絶滅種、二酸化炭素濃度、森林破壊、世界の海面上昇。

これらの負の指標は例外なく、過去百年にわたって値が増えている。そして近年は、そのどれもが恐ろしい勢いで急増している。

そのグラフを見るたびにこみあげるものが、今回もシンスキーのなかにこみあげてきた──無力感だ。科学者として統計の有効性を信じているが、このグラフが描く背筋の凍る未来像は、はるか先ではなく……すぐ先のものだ。

自分が子供を宿せないための鬱屈《うっくつ》に、シンスキーはいままで何度となく悩まされてきた。しかし、これを見ると、子供をこの世に送り出さなくてよかったと胸をなでおろしたい気分になる。

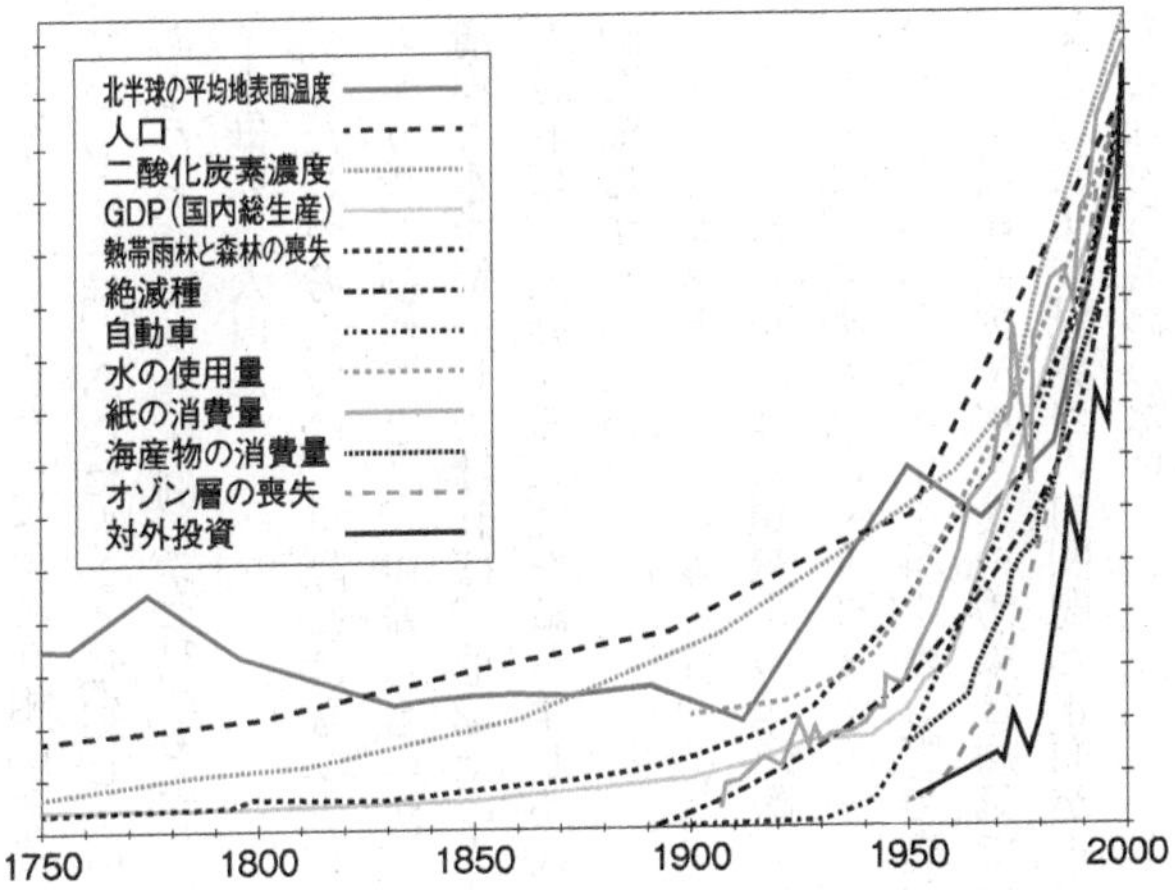

子供にこんな未来を残すのか。

「過去五十年のあいだに」長身の男は力説した。「われわれが母なる自然に対して犯した罪は桁《けた》ちがいに増えている」そこでことばを切る。「わたしは人間の魂に危惧《きぐ》をいだいていてね。ＷＨＯがこのグラフを公表したとき、世界じゅうの政治家、有力者、環境問題専門家が集まって緊急会談を開き、最も深刻な問題はどれか、実際に解決できる問題はどれかと検討を試みた。その結果は？　人の目がないときは、両手に顔をうずめて泣く。人の目があるときは、解決に取り組んでいるがこうした問題は複雑だ、と言う」

「複雑なのはたしかよ」

「たわごとだ！」吐き捨てるように言う。

「このグラフがきわめて単純な相関関係を――変数がひとつしかない関数を――示しているることは、あなたもよく承知しているはずだ。このグラフのすべての折れ線は、あるひとつの値に比例して右肩あがりになっている。だれもが論じるのを恐れる値――世界の人口だ」

「わたしの考えでは、実際にはもう少し――」

「もう少し複雑だと？　複雑なものか。これほど単純なことはない。ひとりが使える清浄な水を増やしたければ、地球上の人間を減らすしかない。車の排出ガスを減らしたければ、運転する人間を減らすしかない。海を魚で満たしたければ、魚を食べる人間を減らすしかない」

男はシンスキーをにらみつけ、いっそう強い口調で言い放った。「しっかり目をあけろ！　われわれは人類滅亡の瀬戸際にいるのに、世界の指導者たちは会議室にすわったまま、太陽光発電やリサイクルやハイブリッド自動車の研究をしろと言う。なぜほかならぬあなたが――科学の分野で高度な教育を受けたのに――わからないのか。オゾン層の減少や水不足や汚染は病気ではない。病気の症状だ。過剰な人口こそが病気なのだよ。世界の人口問題と正面から向き合わないなら、悪性腫瘍《しゅよう》に絆創膏《ばんそうこう》を貼るのとなんら変わらない」

「人類を癌そのものだと思っているの？」シンスキーは問いかけた。

「癌というのは、際限のない分裂をはじめた健康な細胞にすぎない。わたしの考えを不快に感じているらしいが、その日が来れば、別の道のほうがはるかに不快となることは請け合ってもいい。いま大胆な行動に出なければ、そのときは——」

「大胆ですって？」シンスキーはまくし立てた。「大胆というのは適切なことばではないわ。異常でしょう？」

「ドクター・シンスキー」男の声は不気味なほど落ち着いていた。「世界保健機関の賢明なる代弁者であるあなたを特にお呼び立てしたのは、わたしに協力して、見込みのある解決策を試してもらえないかと思ったからだ」

シンスキーは信じられずに目を瞠《みは》った。「世界保健機関があなたと手を組んで……こんな考えを試すと？」

「そのとおり。あなたの組織を構成しているのは医師たちだ。壊疽《えそ》の患者がいるとき、医師は命を救うためなら脚の切断もためらわない。ふたつとも悪ければ傷の浅いほうを選ぶというのが、ときとして唯一の行動指針になる」

「それとこれとは別よ」

「いや、まったく同じだ。ちがうのは規模だけだよ」

シンスキーはもう聞きたくなかった。唐突に立ちあがる。「飛行機に乗らないと」

長身の男は威嚇するようにシンスキーのほうへ一歩踏み出し、行く手をふさいだ。

「警告しておこう。あなたの協力があろうがなかろうが、わたしは独力でこの考えをいともたやすく試せる」

「警告しておきます」シンスキーは言い返した。「わたしはこれをテロリストの脅迫と見なし、そのように対処します」そして携帯電話を取り出した。

男は笑った。「仮定の話をしただけなのに通報するのか。あいにくだが、電話はあとでかけてもらおう。この部屋は電波を遮断する。つながらないんだ」

つながらなくてもいいのよ、この異常者。シンスキーは携帯電話を掲げ、相手に意味を悟られる前にボタンを押して、男の顔写真を撮った。フラッシュが緑の目に反射し、一瞬、見覚えのある顔ではないかという気がした。

「あなたが何者だろうと」シンスキーは言った。「わたしをここに呼んだのはまちがいだったわね。空港へ着くまでに、わたしはあなたの身元を突き止め、バイオテロリストの疑いがある人物として、WHO、疾病予防管理センター《CDC》、欧州疾病予防管理センター《ECDC》の監視リストに載せる。昼も夜も監視をつける。材料を購入しようとしても察知する。実験室を造っても察知する。隠れる場所はどこにもないわね」

携帯電話に飛びつこうとでも考えているのか、男は張りつめた沈黙のうちに長いあいだ立っていた。ついに緊張を解き、薄気味悪い笑みを浮かべて脇へ動く。「われわれのダンスがはじまったらしい」

32

ヴァザーリ回廊――イル・コリドーヨ・ヴァザリアーノ――は、メディチ家当主であったトスカーナ大公コジモ一世の依頼を受けて、一五六四年にジョルジョ・ヴァザーリが設計した。私邸のピッティ宮殿からアルノ川を渡って執政所のヴェッキオ宮殿へ至るまでを、コジモ一世が安全に通るために造られたものだった。

ヴァチカン市国の有名な〝小道《パセット》〟と同じく、ヴァザーリ回廊も要は秘密の通路だ。ゆうに半マイル以上はある通路で、ボーボリ庭園の東端からはじまって、ヴェッキオ橋を通り、曲がりながらウフィツィ美術館を抜けたのち、古《いにしえ》の宮殿の心臓部まで達している。

今日でもこの回廊は安全な避難場所だが、それはメディチ家の人々ではなく、芸術作品にとっての話だ。無限につづくかに見える壁に囲まれて、数えきれないほどの貴重な絵画――世界的に有名なウフィツィ美術館にもおさまりきらない作品――がこの回廊に所蔵されている。

　数年前、ラングドンは気楽な個人旅行の折にここを通ったことがあった。その日の午後は、圧倒されるほどの絵画の列に足を止めて見とれたものだ――そこには、世界一の数を誇る自画像のコレクションもあった。また、何度か足を止めて、通路のところどころに設けられたのぞき窓から外をながめたものだ。その窓のおかげで、通行者は空中の通路にいても現在地がどこかを判断できる。

　だがけさは、後ろの追っ手との距離をできるかぎり開きたかったので、ラングドンとシエナは回廊を走って進んだ。縛られた警備員が発見されるまで、どのくらいかかるだろうか。ラングドンは前方に延びる通路を見やり、ひと足ごとに目的のものに近づいているのを感じた。

　チェルカ・トローヴァ……死者の目……そして追っ手の正体。

　偵察機のかすかな音が、いまでははるか後方から聞こえる。先へ行けば行くほど、この通路の建設が実に大胆な偉業であったことに、ラングドンはあらためて気づかされた。全長の大半が街の上を走るヴァザーリ回廊は、ピッティ宮殿からアルノ川、そして旧市街の中心部へと、大蛇のように建物のあいだを縫って進んでいる。白塗りの壁に囲まれたせまい通路は果てしなくつづくかのように見え、ときどき障害物をよけて左右に短く折れるが、ひたすら東をめざしている……アルノ川を渡って。

突然、回廊の前方で声が響き、シエナがすばやく歩みを止めた。ラングドンも立ち止まったが、すぐにシエナの肩に落ち着いて手を置き、近くののぞき窓を手で示した。

下の観光客だ。

ふたりは窓へ近づいて外をながめ、自分たちがいまヴェッキオ橋の上にいるのを見てとった。旧市街への人道橋として使われている中世の石橋だ。下では、この日の最初の観光客が、十五世紀からつづく橋上市場を見物していた。いまは宝飾品の店ばかりが並んでいるが、昔からそうだったわけではない。元来ここには食肉の大きな野外市場があったが、傷んだ肉の悪臭がヴァザーリ回廊まで漂って大公の繊細な鼻孔を刺激したため、一五九三年になくなった。

眼下に見えるこの橋で、フィレンツェで最も評判の悪い事件が起こったはずだと、ラングドンは思い出した。一二一六年、ブオンデルモンテという若い貴族が、心から愛する人のために、一族の決めた縁組を拒んだせいで、まさにこの橋の上で無残に殺されたという。

それは古来〝フィレンツェで最も血塗られた殺人〟とされているが、そう呼ばれているのは、この事件が当時の二大派閥であるゲルフ党とギベリン党が対立するきっかけを作り、以来何世紀にもわたって両者のあいだで無慈悲な戦いが繰りひろげられたからだ。尾を引く政治抗争が原因でフィレンツェを追われたダンテは、この事件を『神曲』に記し、苦々しい思いを後世にまで伝えている——〝ああブオンデルモンテ、ほかと諮って婚約を破るとは、なんということをしてくれたのだ！〟。

いまでも事件のあった近辺には、三つのプレートが据えられ、それぞれに『神曲』天国篇第十六歌の詩句が記してある。そのひとつがヴェッキオ橋のたもとにあり、不吉にもこう歌っている。

だがフィレンツェは、その平和が絶えんとするとき、
橋を守護する欠けた石像に捧《ささ》げなければならなかった……ひとりの生《い》け贄《にえ》を。

ラングドンは橋から目を離し、その下の濁った川の流れを見やった。東を向けば、ヴェッキオ宮殿にただひとつそびえる塔がいざなっている。

ふたりはまだアルノ川を半ばまで渡っただけだったが、引き返せぬ極限の点をとうに越したのはまちがいなかった。

三十フィート下の丸石敷きのヴェッキオ橋では、ヴァエンサが近づく群衆のひとりひとりに熱心に目を走らせていたが、汚名返上の唯一の切り札が少し前に真上を通ったとは、夢にも思わなかった。

33

錨《いかり》をおろした〈メンダキウム〉の船内深くで、上級調整員のノールトンは自分のブースにこもり、与えられた任務に専心しようとしながらも果たせずにいた。戦慄《せんりつ》を抑えられないまま、動画の確認作業にもどったところだったが、この一時間というもの、天才と狂気のどちらの業とも見定めがたい九分間の独白を分析しつづけている。

見逃した手がかりがないかと、動画を頭から早送りで再生していく。水に沈んだプレート……濁った黄褐色の液体が満ちた、水中を漂う袋……そして、嘴《くちばし》のようにとがった鼻を持つ人影が現れるなり、早送りを止めた。水のしたたる洞窟《どうくつ》の壁に異形の影が映っている……赤い仄明《ほのあ》かりに照らされて。

ノールトンはくぐもった声に耳を傾け、難解なメッセージを理解しようとつとめた。

その半ばに差しかかったところで、壁に映る影が急に大きくなり、語調が激しくなった。


ダンテの地獄は空想ではない……それは予言だ！

哀れなまでの惨状。痛みに満ちた苦境。それこそがあすの光景だ。

人類は、抑制されないかぎり、疫病のごとく、癌のごとくふるまう。世代を経るにつれてその数を増したすえ、かつてわれわれの美徳や同胞愛を育《はぐく》んだ地上の楽園をついには食いつぶし……われわれの内に棲《す》む怪物を解き放ち……子に糧を与えるべく命がけで争う。

それがダンテの九つの圏《たに》からなる地獄だ。

それがわれわれを待ち受けるものだ。

マルサスの厳然たる計算が示すように、この未来が襲いかからんとするなかにあって、われわれは地獄の第一の圏《たに》の上でたゆたいつづけ……そして、いまや想像を絶する速さで墜落しようとしている。


ノールトンは動画を一時停止させた。マルサスの計算？　インターネットで手早く検索して調べたところ、トマス・ロバート・マルサスは十九世紀イギリスの著名な数学者、人口統計学者であり、いずれ人口爆発によって世界は崩壊すると予測したことで知られている。

マルサスについての記事には、ノールトンの不安を大いにあおる、著書『人口論』からの恐ろしい引用も付されていた。

人口増加の力は、土地が人間のために食糧を産出する力よりもはるかに大きく、それゆえ人類はなんらかの形で早世する定めにある。人間の悪徳は、人口減少をもたらす果敢にして有能な先鋒《せんぽう》である。それは破壊の大軍の先頭に立ち、しばしば単独でも恐るべき仕事を成しとげる。しかし、悪徳がこの殲滅《せんめつ》戦で勝てなかった場合には、流行病、伝染病、悪疫などがつぎつぎに押し寄せ、何千、何万もの命を掃滅する。それでも成果が不完全な場合には、とうてい逃れようのない大飢饉《だいききん》が後陣から姿を現し、その強力な一撃によって、人口を世界の食糧に見合った数にまで押しさげる。

鼓動が速まるのを感じながら、ノールトンは嘴のような鼻を持つ人影の静止画像に視線をもどした。

人類は、抑制されないかぎり、癌のごとくふるまう。

抑制。ノールトンはその語の響きを不快に感じた。

ためらいがちに指を動かし、一時停止を解除する。

くぐもった声がふたたび話しはじめた。

何もせずにいれば、ダンテの地獄を招き……押しこまれ、餓《かっ》え、罪にまみれる。

それゆえ、わたしはきわめて大胆な手を打った。

恐怖にひるむ者もいるだろうが、いかなる救済も代償をともなうものだ。

いつの日か、世界はわが犠牲の真価を知るだろう。

わたしはきみたちの救済者なのだから。

わたしは影だ。

わたしは人類の新時代の扉を開く。

34

ヴェッキオ宮殿は巨大なチェスの駒に似ている。それは堅牢《けんろう》な四角形のファサードと、上部に凹凸のある粗面仕上げの胸墻《きょうしょう》を備えた、ルークの駒を思わせる堂々たる建築物で、シニョーリア広場の南東の角を護《まも》るように立っている。

四角い要塞《ようさい》の中央から立ちあがる風変わりな一本の尖塔《せんとう》は、空を背景に独特の輪郭を作り出し、フィレンツェの無二の象徴となっている。

フィレンツェ共和国の威厳ある政庁舎として建てられたこの宮殿を訪れる者は、雄々しい彫像の数々に圧倒される。アンマナーティの作である、四頭の海の馬を踏みしめるたくましいネプチューンの裸像は、フィレンツェによる海の支配の象徴だ。宮殿の入口では、ミケランジェロの〈ダヴィデ像〉――まちがいなく世界で最も賞賛されている男性裸像――の複製が、栄光に満ちた立ち姿を披露している。〈ダヴィデ像〉の横には〈ヘラクレスとカークス像〉――さらにふたりの裸の大男を刻んだ像――があり、ネプチューンの噴水に配されたいくつものサテュロスの像と合わせて、総数一ダースを超える露出したペニスが観光客を出迎えることになる。

ふだん、ラングドンがヴェッキオ宮殿を訪れるときは、まずこのシニョーリア広場に立ち寄る。男根が多すぎることはさておき、ここはヨーロッパに数ある広場のなかでもラングドンが特に気に入っているもののひとつだ。ここに来たら、カフェ・リヴォワールで飲むエスプレッソと、〈ランツィの柱廊〉――広場に面した野外彫刻展示場――にあるメディチ家の獅子《しし》像の見学は欠かせない。

しかしきょう、ラングドンとシエナは、かつてのメディチ家の大公たちと同じように、ヴァザーリ回廊からヴェッキオ宮殿をめざしていた。名高いウフィッツィ美術館のそばを素通りし、橋や道路の上、建物のなかを蛇行する回廊を進んで、宮殿深部まで直接向かうことになる。ここまで追っ手の気配はなかったが、それでもラングドンは早く回廊から抜け出したかった。

よし、着いたぞ。前方に重厚な木のドアが見えた。ヴェッキオ宮殿への入口だ。

そのドアは、頑丈な錠を備えているにもかかわらず、水平なレバーがついていて、こちら側からは非常口として使えるが、向こう側からはカードキーがなければ回廊に出られない仕組みになっている。

ラングドンはドアに耳をあて、様子を探った。反対側から何も聞こえなかったので、レバーに両手を置き、静かに押した。

錠がカチリと音を立てた。

きしみをあげてドアが数インチ開くと、ラングドンはその向こうをうかがった。そこは壁の一部がへこんだ小部屋だった。だれもいなくて静まり返っている。

小さく安堵《あんど》の息をつき、ラングドンは戸口をすり抜けて、シエナについてくるよう合図した。

侵入成功だ。

ヴェッキオ宮殿内のどこだかわからないが、壁際の静かな一角で、ラングドンはしばし考えて現在地をつかもうとした。真正面へは長い通路が延びている。左手の遠くのほうから、穏やかで楽しげなざわめきが通路を伝わってくる。ヴェッキオ宮殿はアメリカの連邦議会議事堂とよく似ていて、人気の観光名所であると同時に官公庁舎でもある。この時間に聞こえるのは、あわただしく職場に出入りして一日の準備をする市職員たちの声だろう。

ラングドンとシエナは少しずつ通路を進んでいき、曲がり角の先を見やった。思ったとおり、通路の先には中庭がひろがっていて、始業前の職員たちが十人余り、朝のエスプレッソを飲みながら同僚との雑談を楽しんでいた。

「ヴァザーリの壁画は」シエナがささやいた。「〈五百人広間〉にあるって言ったのよね？」

ラングドンはうなずき、にぎやかな中庭の奥にある柱廊を指さした。そこから石敷きの通路が見えている。「残念ながら、この中庭を通った先にある」

「たしかね?」

　ラングドンはうなずいた。「人目につかずに通り抜けるのは無理だ」

「みんな市の職員なのよ。わたしたちに興味があるはずがない。同僚みたいな顔をして歩いていけばいいのよ」

シエナは腕を伸ばしてラングドンのブリオーニの上着をていねいに整え、襟を直した。「なかなか見栄えがするわね、ロバート」シエナは澄ました笑みを浮かべ、自分のセーターも整えてから歩きだした。

ラングドンはあわててあとを追い、ふたり並んで堂々と中庭へ向かった。庭にはいると、シエナは大げさな身ぶりを交えながら、ラングドンに向かって早口のイタリア語で――何やら農業の助成金に関することを――まくし立てはじめた。まわりの人々とは距離を保ち、中庭を囲む壁に沿って歩いていく。ラングドンには意外だったが、職員はだれひとりとして見向きもしなかった。

中庭の反対側に着くと、ふたりは足早にその先の通路へ向かった。ラングドンはシェイクスピア劇のプログラムのことを思い出した。いたずら好きの妖精《ようせい》パック。「たいした女優だな」とささやく。

「ほかの道はなかったの」シエナはとっさに答えたが、その声は妙によそよそしかった。

　またもラングドンは、この若い女の過去には自分の知る以上に大きな苦しみがあるのを感じ、危険な事態に巻きこんでしまったことをいっそう申しわけなく思った。いまはやむをえない、とラングドンは自分に言い聞かせた。とにかくこの危機を切り抜けるしかない。

　洞穴のなかを泳ぎつづけろ……そして、光が差すことを祈れ。

　めざす柱廊のそばまで来ると、ラングドンは自分の記憶が正しかったと知って安堵した。小さな案内板に、角を曲がって進むよう示した矢印があり、イル・サローネ・デイ・チンクエチェント――五百人広間――と記されている。どんな答が待ち受けているのか、とラングドンは考えた。真実は死者の目を通してのみ見える。それはいったいどういう意味なのか。

「広間にはまだ鍵《かぎ》がかかっているかもしれない」ラングドンは曲がり角の手前で言った。〈五百人広間〉は観光客に人気があるが、けさはまだ開館時刻になっていないようだ。

「ねえ、聞こえる？」シエナが急に足を止めた。

　ラングドンも気づいた。曲がり角のすぐ向こうから、機械のうなる大きな音が聞こえる。頼む、屋内用の無人偵察機ではないと言ってくれ。角の先を用心深くのぞきこんだ。三十ヤードほど先に、〈五百人広間〉へ通じる意外にも質素な木のドアがある。あいにく、ドアまでのちょうど中間で、太った清掃員が電動の床磨き機を押して長々と円を描いていた。

門を守っているのか。

ラングドンはドアの外にあるプラスチックの表示板に注意を向けた。新米の象徴学者でも読み解ける、世界共通の三つの図像が描かれている。×印のついたビデオカメラ、×印のついた飲み物のカップ、そして角張った棒線画による男女の姿。

ラングドンは前に立って清掃員のほうへ早足で歩きだし、途中から小走りになった。シエナも急いであとを追う。

清掃員が驚いた様子で顔をあげた。「シニョーリ！」両腕をひろげて、ラングドンとシエナを制止する。

ラングドンは男に向かって、引きつった笑みを――むしろしかめ面に近かったが――見せてから、すまなそうにドアの横の表示を指さした。「トイレッテ」切羽詰まった声で告げる。尋ねる口調ではなかった。

清掃員は一瞬ためらい、頼みをはねつけるかに見えたが、落ち着きなく足を踏み換えるラングドンを目にして、結局は気の毒そうにうなずき、通るよう手ぶりで示した。

ドアまでたどり着いたラングドンは、シエナにすばやくウィンクをした。「同情は世界共通の言語だ」

35

かつて、〈五百人広間〉は世界最大の広間だった。一四九四年に大評議会《コンシッリョ・マッジョーレ》の全体会議用に造られたこの広間は、フィレンツェ共和国の大評議会の定数がちょうど五百人だったことがその名の由来になっている。後年、コジモ一世の命により広間は改装され、大幅に拡張された。当代随一の権勢を誇ったコジモ一世は、改装の監督と設計者として、偉大なるジョルジョ・ヴァザーリを指名した。

ヴァザーリはたぐいまれな建築技術を駆使して、もとの天井をはるか高くまで持ちあげ、広間の四方に設けた高い明かりとりの窓から自然光を採り入れた。そうして生まれたのが、フィレンツェ最高の建築、彫刻、絵画を見せつけるこの優美な空間だ。

ラングドンがいつも最初に目を引かれるのは、広間の床だった。ここが並々ならぬ場所なのは一目瞭然《いちもくりょうぜん》だ。深紅の石を張った床に黒い格子柄が描かれ、一万二千平方フィートの平面に重厚感と深みと調和を与えている。

ラングドンはゆっくりと目をあげて広間を見渡した。躍動感あふれる六つの彫刻――ヘラクレスの功業を題にとった彫像群――が壁に沿って並ぶさまは、兵士の一団を思わせる。悪評高き〈ヘラクレスとディオメデス〉へは、つとめて視線を向けないようにした。裸のふたりがぶざまなレスリングでもするように組み合っているこの像は、独創的な〝ペニスつかみ〟のポーズをとっていて、見るたびにラングドンはたじろいでしまう。

はるかに目に心地よいのが右手にあるミケランジェロの傑作〈勝利〉の像で、こちらは南壁の中央に鎮座している。高さは九フィート近くあり、当初は超保守的なローマ教皇ユリウス二世――恐るべき教皇《イル・パパ・テリーブレ》――の墓所を飾るために作られた。同性愛に対するヴァチカンの態度を考えると、この制作依頼には皮肉なものを感じずにいられない。像のモデルであるトンマーゾ・ディ・カヴァリエーリをミケランジェロは長年にわたって愛し、この青年のために何十もの十四行詩《ソネット》を綴《つづ》っている。

「ここに来たことがなかったなんて信じられない」隣でシエナが、いままでになく畏《い》敬《けい》に満ちた低い声でつぶやいた。「なんて……美しい」

ラングドンはうなずき、はじめてここを訪れた日のことを思い出した――世界に名だたるピアニストのマリエレ・キーメルを招いた華やかなクラシックコンサートがおこなわれたときだ。この大広間はもともと非公開の政治集会や大公との謁見《えっけん》の場として造られたが、現在では人気のある音楽家のコンサートや、講演会、パーティーなどに広く利用されている。美術史家のマウリツィオ・セラチーニから、著名人が集う格調高いオープニング・パーティーを主催したグッチ美術館まで、利用者はさまざまだ。ラングドンはときおり、コジモ一世の胸中に思いをはせることがある。自分のために造られた厳粛な空間を、企業の経営者やファッションモデルと共有するのはどんな気分なのだろうか、と。

ラングドンは視線をあげ、壁を飾る巨大な絵画の数々を見つめた。これらの壁画には奇妙な逸話が伝わっている。レオナルド・ダ・ヴィンチは、作品を描くのに実験的な手法を採り入れたのだが、〝傑作が溶け落ちる〟結果に終わったらしい。また、時の権力者だったピエロ・ソデリーニとマキアヴェッリは、〝芸術対決〟を目論《もくろ》んで、ルネッサンスの二大巨匠――ミケランジェロとダ・ヴィンチ――に同じ部屋の向かい合う壁を与え、壁画を競作させたという。

しかしいま、ラングドンが何よりも興味を引かれているのは、この部屋にまつわるもうひとつの歴史上の謎だ。

チェルカ・トローヴァ。

「どれがヴァザーリの作なの？」シエナが壁画を見まわしながら尋ねた。

「ほとんど全部だ」ラングドンは答えた。広間が改装されたとき、ヴァザーリと弟子たちは、もとの壁画群から有名な〝吊《つ》り天井〟を飾る三十九枚の格間《ごうま》に至るまで、ほぼすべてを塗り替えた。「だが、あの壁画が」ラングドンははるか右にある絵を指さした。「われわれのめざすもの――ヴァザーリの〈マルチャーノの戦い〉だ」

軍勢の衝突を描いたその壁画は、あまりにも大きい――幅は五十五フィートで、高さは建物三階ぶんに及ぶ。そこには、ひなびた丘で激しくぶつかり合う幾多の兵士、馬、槍《やり》、軍旗が、茶と緑の赤みがかった色彩で描かれている。

「ヴァザーリ、ヴァザーリ」シエナはつぶやいた。「あれのどこかに秘密のメッセージが隠されてるのね」

ラングドンはうなずいて、巨大な壁画の上部にしっかり目を向け、緑色の軍旗を探した。ヴァザーリはそこに謎めいたメッセージを描きこんだ――〝チェルカ・トローヴァ〟と。「ここからだと、双眼鏡でも使わないと見えないんだが」ラングドンは一点を指さした。「上部中央の、丘に二軒の農家が建っているすぐ下あたりに、斜めになった小さな緑の旗があって――」

「見えた！」シエナは右上の四半部の正確な位置を指さした。

ラングドンは若い目をうらやましく思った。

ふたりともそびえ立つ壁画へさらに近づき、ラングドンはあらためてそのすばらしい作品を見あげた。ようやくここまで来た。唯一の問題は、なんのためにここに来たのかがはっきりしないことだ。しばらく黙したまま、ヴァザーリの傑作の細部に視線を注いだ。

失敗したら……死に覆いつくされる。

背後でドアがきしんで開き、床磨き機を押した清掃員が怪訝《けげん》な顔で中をのぞきこんだ。シエナが愛想よく手を振った。清掃員は少しふたりをながめたあと、ドアを閉めた。

「時間があまりないのよ、ロバート」シエナは急《せ》かした。「考えて。絵を見て何かひらめかない？　思い出したことは？」

ラングドンは頭上の混沌《こんとん》とした戦場を入念に見た。

真実は死者の目を通してのみ見える。

この壁画のどこかにうつろな目を開いた死体が描かれていて、それが絵のなかか、あるいはこの部屋にある別の手がかりを見つめているのではないかとラングドンは予想していた。残念ながら、絵には何十体もの死体が描かれているが、とりたてて注意を引くものはなく、特定の何かに目を向けている死体もなかった。

真実は死者の目を通してのみ見える？

死体同士を線で結んだら何かの形が浮かびあがるかもしれないと試したが、何も見えてこなかった。

懸命に記憶の奥底を探っていると、頭がふたたびうずきはじめた。どこか深いところで、銀髪の女の声がささやきつづけている。尋ねよ、さらば見いださん。

「いったい何を？」叫びたい気分だった。

意識して目を閉じ、ゆっくりと息を吐き出す。数回肩をまわし、頭を空っぽにして、直感がひらめかないかと期待した。

ヴェリー・ソーリー。

ヴァザーリ。

チェルカ・トローヴァ。

真実は死者の目を通してのみ見える。

正しい場所にいる、と直感はまちがいなく告げている。そして、理由はよくわからないが、ここまで探しにきたものがあと少しで見つかるという、はっきりとした予感があった。

ブリューダー隊長は、目の前の展示ケースにはいった赤いベルベットのパンタロンとチュニックを無表情に見つめながら、小声で悪態をついた。ＳＲＳチームは衣装博物館を隅々まで捜索したが、ラングドンとシエナ・ブルックスの姿はどこにも見あたらなかった。

何が〝監視《S》・対応《R》支援《S》〟だ。ブリューダーは苛立《いらだ》った。いつから大学教授がＳＲＳを出し抜くようになった？　いったいどこに消えたんだ！

「出口はすべて封鎖してあります」部下のひとりが明言した。「まだ庭園内にいるとしか考えられません」

そう考えるのが筋だと思いながらも、ふたりがどこか別の出口を見つけたのではないかといういやな予感があった。

「無人偵察機をもう一度飛ばせ」ブリューダーは鋭く言った。「それに、捜索範囲を塀の外までひろげるよう、地元当局に連絡しろ」くそっ！

部下たちが散っていくと、ブリューダーは携帯電話をつかんで上司の番号にかけた。

「ブリューダーです。残念ですが、深刻な問題が起こりました。実のところ、いくつもです」

36

真実は死者の目を通してのみ見える。

シエナは心のなかでそれを繰り返しながら、何か目を引くものはないかと、ヴァザーリの描いた荒々しい戦いの場面をくまなく調べていった。

至るところに死者の目がある。

どれが探してる目なの？

死者の目とは、黒死病がヨーロッパじゅうに撒《ま》き散らした腐乱死体すべてを指しているのかもしれない。

それなら、少なくともあの疫病医の仮面は説明がつく……

唐突に、子供のころ歌った童謡が頭に浮かんだ。バラの花輪だ、手をつなごうよ。ポケットに花束差して。灰だ、灰だ。みいんな、ころぼ。

イギリスで学校にかよっていたころ、よくこの童謡を口ずさんだものだが、この詩は一六六五年にロンドンで発生したペストの大流行がもとになっていると知って、歌わなくなった。一説によると、バラの花輪とは皮膚にできたバラ色の膿疱《のうほう》のことで、輪の形になったそれが感染の目印にされたという。感染者はポケットに花束を詰めて、自分の腐っていく体や、街そのものの悪臭を消そうとする。日ごとに何百人もの犠牲者が出て、死体は火葬される。灰になる。そしてみな倒れる。

「神の愛のために」急にラングドンはつぶやき、反対側の壁のほうを向いた。

シエナはそちらへ目をやった。「どうしたの？」

「以前、ここに展示されていた作品の名前だよ。〈神の愛のために〉」

とまどいながら見つめるシエナの前で、ラングドンは足早に広間を横切って小さなガラスのドアに歩み寄り、それをあけようとした。鍵《かぎ》がかかっている。そこでガラスに顔を押しつけ、両手で目のまわりを囲って中をのぞきこんだ。

何を探しているにせよ、早く見つけて、とシエナは思った。施錠されたドアの奥をうかがおうとするラングドンを、ふたたび現れた清掃員がいまや不審の色もあらわに凝視している。

シエナは清掃員に向かってにこやかに手を振ったが、清掃員は長々と冷たく見つめ返してから、立ち去った。

ロ・ストゥディオーロ——書斎。

ガラスのドアの向こう、〈五百人広間〉の〝チェルカ・トローヴァ〟という秘密のメッセージのちょうど反対側に、窓のない小さな部屋がある。ヴァザーリがフランチェスコ一世の秘密の書斎として設計したもので、長方形の部屋の天井がアーチを作っていて、中に立つと巨大な宝物箱にはいったような気分になる。

それにふさわしく、室内にはきらびやかな美術品が並んでいる。壁や天井には三十点を超える貴重な絵画が飾られ、ほとんど隙間がないほどだ。〈イカロスの墜落〉……〈夢の寓意《ぐうい》〉……〈プロメテウスに貴石を与える自然〉……

ガラス越しに壮麗な空間を見つめながら、ラングドンはひとりつぶやいた。「死者の目」

この書斎の内部をはじめて見たのは、数年前に宮殿の秘密の通路をまわる内輪のツアーに参加したときのことだった。この宮殿には秘密のドアや階段や通路が縦横無尽に配されていて、そのいくつかが書斎の絵画の裏に隠されていると知って驚愕《きょうがく》したものだ。

けれども、いま興味を掻《か》き立てたのは秘密の通路ではない。ふと脳裏によみがえったのは、以前にここで見た現代美術の意欲作――〈神の愛のために〉――だった。ダミアン・ハーストの手がけたこの問題作がヴァザーリ設計の有名な書斎に展示されたとき、世間では論争が湧き起こった。

それは純プラチナで作られた実物大の人間の頭蓋骨《ずがいこつ》で、八千個を超える輝くダイヤモンドに覆いつくされている。その印象は強烈だ。頭蓋骨の空《から》の眼窩《がんか》が明るく生き生きと輝き、対極にあるふたつの象徴がひとところに同居して落ち着かない気分にさせる――生と死……美と恐怖。ハースト作のダイヤモンドの頭蓋骨が書斎から移動されて久しいが、その記憶からラングドンはあることを思いついていた。

死者の目。頭蓋骨なら、きっとあてはまるのでは？

頭蓋骨はダンテの〈地獄篇〉に繰り返し登場するが、それに関して最も有名なのは、地獄の最下層で苛酷《かこく》な罰を受けるウゴリーノ伯爵だろう――この人物は、邪悪な大司教の頭蓋骨を永遠に食らいつづけるという罰を受けている。

めざすべきは頭蓋骨なのか？

この不可思議な書斎は、〝珍品奇品の陳列室〟という伝統に則《のっと》った造りでできている。大部分の絵が隠し扉の形になっていて、扉を開くと現れる秘密の戸棚には、大公の風変わりな収集品の数々がしまわれている――珍しい鉱石の標本や、美しい鳥の羽根、オウムガイの完全な化石のほか、伝えられるところによると、手作りの銀細工で飾られた修道士の脛骨《けいこつ》まであったという。

残念ながら、戸棚の中身はとうに全部移動されているはずで、ここに展示された頭蓋骨としては、ハーストの作品しか聞いたことはなかった。

広間の反対側のドアが騒々しい音を立て、ラングドンの思考は断ち切られた。早足で歩く音が広間を横切って近づいてくる。

「シニョーレ！」怒声があがった。「イル・サローネ・ノネ・アペルト！」

ラングドンが振り返ると、ひとりの女性職員が近づいてくるところだった。茶色の髪をショートカットにした小柄な女だ。そして、まちがいなく妊娠している。女は威勢よく歩み寄りながら、腕時計を指で叩《たた》き、広間はまだあいていないという意味のことを叫んでいる。近づいてきてラングドンと目が合ったとたんに、女は急に立ち止まって驚いたように手で口を覆った。

「ラングドン教授！」きまり悪そうに声をあげる。「失礼しました！　いらっしゃってるとは知らなくて。またお目にかかれてうれしいです」

ラングドンは凍りついた。

人生で一度もこの女に会ったことがないのはたしかだった。

37

「ぜんぜん気がつきませんでしたよ、教授」訛《なま》りの強い英語でしゃべりながら、女は歩み寄ってきた。「服のせいね」あたたかい笑みを浮かべ、ラングドンのブリオーニのスーツを見て満足そうにうなずいた。「とてもすてきですよ。イタリア人と見ちがえそうです」

口のなかが渇いていたが、ラングドンはなんとか愛想笑いをつくろい、そばに来た女に微笑んだ。「ああ……おはよう」つかえながら言う。「調子はどうだい」

女は笑って腹に手を添えた。「くたくたですよ。ちっちゃなカタリーナにひと晩じゅうお腹を蹴《け》られて」そして広間を見まわし、とまどった表情になった。「イル・ドゥオミーノは、あなたがきょうもう一度いらっしゃるとはおっしゃっていなかったけど。ごいっしょですよね？」

小さなドーム《イル・ドゥオミーノ》？　だれの話をしているのか、ラングドンにはまったくわからなかった。

ラングドンの困惑を感じとったらしく、女は安心させるように含み笑いをした。

「いいんですよ。フィレンツェの者はみな、あのかたをニックネームで呼ぶんです。ご本人も気になさいません」周囲に目を走らせる。「あのかたに入れてもらったんですか」

「そうです」シエナが広間の反対側からやってきて言った。「でも、朝食会があるとかで。わたしたちが残って見てまわっても、あなたは気にしないだろうとおっしゃってました」シエナは勢いよく手を差し出した。「シエナといいます。ロバートの妹です」

女はシエナの手をとり、やけに形式張った握手をした。「マルタ・アルヴァレスです。運のいいかたですね——ラングドン教授に個人ガイドをしてもらえるなんて」

「ええ」シエナはうれしそうに言い、目をくるりとまわしたのをかろうじてごまかした。「とっても物知りで！」

マルタはまじまじとシエナを見つめ、気詰まりな沈黙が一瞬流れた。「変ね。兄妹《きょうだい》なのにまったく似ていないなんて。背が高いところだけね」

ラングドンは惨事が迫りつつあるのを感じた。一か八《ばち》かだ。

「マルタ」名前を聞きまちがえていないことを祈りながら、ラングドンは割りこんだ。「迷惑をかけてすまないが、その……わたしがここにいる理由はきっと想像がつくと思う」

「いいえ、ぜんぜん」マルタは目を険しくした。「ここで何をなさるおつもりなのか、想像もつきません」

鼓動が速くなり、ぎこちない沈黙のなか、賭《か》けが大失敗に終わろうとしていることをラングドンは悟った。だしぬけに、マルタが顔をほころばせて高らかに笑いはじめた。

「教授、冗談ですよ！　おもどりになった理由は、もちろん見当がつきます。はっきり言って、あれのどこにそんな魅力を感じてらっしゃるのかはわかりませんけど、ゆうべはイル・ドゥオミーノといっしょに一時間近く上の階にいらっしゃいましたから、妹さんにも見せたくてお連れになったのでは？」

「そう……」ラングドンはなんとか答えた。「そうなんだ。シエナにもぜひ見せたくてね。もし……差し支えなければ」

マルタは上階のバルコニーを一瞥《いちべつ》し、肩をすくめた。「問題ありません。これからお連れしましょう」

ラングドンは心臓を高鳴らせつつ、広間の後方にある上階のバルコニーを見あげた。ゆうべ、あそこにいたって？　まったく覚えていない。そのバルコニーは〝チェルカ・トローヴァ〟の文字とちょうど同じ高さにあり、ラングドンがここに来るといつも立ち寄る宮殿内美術館の入口にもなっている。

先に立って広間を横切ろうとしていたマルタが、ふと考えなおしたかのように立ち止まった。「それにしても教授、かわいい妹さんに見せるのに、もうちょっと不気味でないものを思いつかなかったんですか」

どう答えたらいいのか、ラングドンにはわからなかった。

「不気味なものを見にいくってこと？」シエナが尋ねた。「何かしら。兄は教えてくれないの」

マルタは思わせぶりな笑みを浮かべてラングドンを見た。「わたしから話してもいいんですか、教授。ご自分で説明なさいます？」

絶好の機会に、ラングドンは小躍りしかけた。「頼むよ、マルタ。ぜひきみからくわしく話してやってくれ」

マルタはシエナに向きなおり、ごくゆっくりとした口調で説明をはじめた。「教授からどこまでお聞きかわかりませんが、これから上階の展示室へ行って、とても珍しい仮面をお見せします」

シエナの目がわずかに見開かれた。「どんな仮面？　カーニバルのときにつける、恐ろしい疫病医の仮面みたいなものかしら」

「惜しいですね」マルタは言った。「でもちがいます。疫病医の仮面ではありません。まったく別の種類の仮面ですよ。デスマスクと呼ばれるものです」

ラングドンが大きく息を呑《の》んだのが聞こえたのか、マルタがラングドンをにらんだ。どうやら、芝居がかった真似をして妹を脅かそうとしていると思ったらしい。

「教授にだまされちゃだめですよ」マルタは言った。「デスマスクを作るのは、一五〇〇年代にはとてもありふれた習慣でした。要は、ただの石膏《せっこう》の顔型で、死んで間もないうちに作られたというだけです」

デスマスク。フィレンツェで目が覚めて以来はじめて、ラングドンは頭のなかが晴れるのを感じた。ダンテの〈地獄篇〉……チェルカ・トローヴァ……死者の目を通してのみ見える。デスマスクか！

シエナが尋ねた。「だれの顔から作ったデスマスクなの？」

ラングドンはシエナの肩に片手を置き、つとめて冷静に答えた。「イタリアの有名な詩人だよ。名はダンテ・アリギエーリ」

38

アドリア海の波間に揺れる〈メンダキウム〉の甲板に太陽が燦々《さんさん》と照りつけている。疲れを覚えながら、総監は二杯目のスコッチを飲みほし、執務室の窓から外を見るともなしに見た。

フィレンツェからの報告はよいものではなかった。

久しぶりにアルコールを口にしたせいかもしれないが、妙に思考が鈍り、体に力がはいらない……あたかもこのクルーザーがエンジンを失い、潮に流されてあてもなく漂っているかのように。

その感覚はなじみのないものだった。総監の世界には、つねにたしかな羅針盤――規定――が存在し、どんなときも進むべき道が示されていた。規定があれば、むずかしい決断も迷わずくだせた。

ヴァエンサの排除も規定に従ったまでであり、それを実行するのにためらいはなかった。その件は、この危機が終息したら始末をつける。

依頼人がだれだろうと、その人物についての情報はなるべく見ざる聞かざるを通すというのも、規定に従ったまでだった。大機構には依頼人の善悪を判断する道義的責任などないと、はるか昔に総監は断をくだしていた。

サービスを提供しろ。

依頼人を疑うな。

質問をするな。

たいていの企業の経営者と同じように、総監も法の枠内で利用されることを前提としてサービスを提供しているにすぎない。つまるところ、子供の送り迎えをする母親が通学路でスピード違反をしないようボルボ社が責任を持つ必要はないし、コンピューターが銀行口座のハッキングに使われてもデル社が責任をとる必要はない。

すべてがほころびはじめたいま、総監は大機構にこの依頼人を紹介してきた仲介者を静かに呪った。信頼していた仲介者を。

「たいして手はかからないし、いい収入源になります」仲介者は請け合った。「その分野の優秀な第一人者で、途方もなく裕福です。一年か二年、ただ姿を消したいと望んでいます。世間から隔絶された時間を買って、重要なプロジェクトに専念するために」

総監は深く考えずに承諾した。長期潜伏の支援はつねによい金になるし、仲介者の直感を信用していた。

予想どおり、この案件はきわめて実入りのよい仕事だった。

そう、先週までは。

いま、その依頼人が作り出した混乱のただなかで、総監はスコッチのボトルのまわりを無意識にめぐりながら、依頼人への責務が消え去るのを心待ちにしていた。

机の上の電話が鳴った。表示を見ると、上級調整員のひとりであるノールトンが階下からかけてきていた。

「なんだ」

「総監」ノールトンは緊張をはらんだ声で切り出した。「お忙しいところ申しわけありません。あすメディア向けに動画をアップロードするという、例の任務についてなのですが」

「ああ」総監は答えた。「準備はできたか」

「はい。ただ、アップロードの前に総監にもご覧いただいたほうがよいのではないかと思いまして」

総監はそのことばに面食らい、しばし黙した。「動画のなかでわれわれを名指ししたり、何かわれわれの不利益になることを述べたりしているのか」

「そうではありません。ただ、きわめて不穏な内容なのです。依頼人が画面に現れて話しはじめるのですが——」

「それ以上言うな」総監は命じた。上級調整員たる者が、ここまで露骨な規定違反を提言してきたことに驚いていた。「内容は重要ではない。何を語るのであれ、われわれが関与しようとしまいと動画は公開されたはずだ。コンピューターを使ってみずから動画を公開することも簡単にできたのに、依頼人はこのわれわれを雇った。金を払った。われわれを信頼したんだ」

「おっしゃるとおりです、総監」

「われわれは映像の批評をするために雇われたわけではない」総監は釘《くぎ》を刺した。「契約を守るために雇われたんだ。自分の仕事をしろ」

ヴェッキオ橋ではヴァエンサが待機し、橋を行き交う何百という人々の顔に鋭く目を走らせていた。油断なく見張っていたから、ラングドンはまだ通り過ぎていないと確信していたが、少し前から無人偵察機の音が聞こえない。追跡の必要がなくなったからではないか、と思った。

ブリューダーがラングドンを確保したにちがいない。

心ならずも、ヴァエンサは大機構による審問という暗澹《あんたん》たる前途に思いをめぐらせはじめた。あるいは、もっと悪い事態が待っているかもしれない。

またしても、以前に排除処分を受けたふたりの隊員のことが頭に浮かんだ……あれからいっこうに消息を聞かない。ふたりは別の職に就いただけ、と自分に言い聞かせる。それでもやはり、このままトスカーナの丘陵地帯にオートバイを走らせて姿を隠し、身につけた技能で新生活を切り開いたほうがよいのでは、とつい考えてしまう。

だが、いつまで見つからずにいられるのか。

数えきれないほどの標的がこれまでたしかに思い知らされてきたことだが、いったん大機構に狙いを定められたら、プライバシーなど幻想にすぎなくなる。あとは時間の問題だ。

自分のキャリアはほんとうにこんな形で終わってしまうのか。大機構で働いた十二年間を、不運な失敗がいくつかつづいただけで棒に振ることになるとは、まだどうにも信じられなかった。この一年、緑の目を持つ依頼人に気を配り、ありとあらゆる要望をかなえてきた。あの男が墜死したのは自分の責任ではない……にもかかわらず、自分まで墜落しかかっている。

挽回《ばんかい》するには、ブリューダーを出し抜くしかない……だが、それが望み薄であることは最初からわかっていた。

ゆうべ機会があったのに、つかみそこねた。

気が進まないながらもきびすを返してオートバイへと向かっていたとき、ふと遠くから響く物音に気づいた……耳慣れた甲高い回転音だ。

眉《まゆ》をひそめ、空を見あげた。驚いたことに、無人偵察機がまた飛び立ったところだった。こんどはピッティ宮殿のいちばん遠い端のあたりだ。よく見ていると、小さなヘリコプターが宮殿の上空をせわしなく飛びまわりはじめた。

無人偵察機が投入される理由はひとつだけだ。

まだラングドンは確保されていない。

いったいどこにいるのだろうか。


上空から鋭い回転音が響き、ドクター・エリザベス・シンスキーはもう一度まどろみから引きもどされた。また無人偵察機が飛んでいる？　でも、たしか……

バンの後部座席で体を揺すると、隣にはまださっきの若い兵士がすわっていた。ふたたび目を閉じ、痛みや吐き気と闘う。とはいえ、闘いの主たる相手は恐怖だった。

時が尽きていく。

敵は墜死したが、その影はいまも夢に現れ、外交問題評議会の薄暗い部屋で弁舌を振るう。

だれかが大胆な行動に出るしかない。あの男は緑の目を光らせて、そんなことを言っていた。われわれ以外のだれが動くのか、いましかないではないか、と。

機会があったあのときに、阻止すべきだった。席を蹴《け》って部屋を飛び出し、リムジンでマンハッタンからJFK国際空港へ向かうあいだ、後部座席で自分がいきり立っていたことは、けっして忘れまい。あの頭のおかしい男は何者なのかを知りたくて、携帯電話を取り出し、不意打ちで撮ったその男の画像を表示した。

画像を見たとたん、大きく息を呑《の》んだ。エリザベス・シンスキーは男の正体を知っていた。いい知らせは、行方を追うのはきわめて容易だろうということであり、悪い知らせは、相手がその分野の天才だということだった――本人がその気になれば、あまりにも危険な存在になる。

創造する力においても……破壊する力においても……野望に燃えるたぐいまれな知性に比肩しうるものはない。

三十分後に空港に着いたときには、すでに部下たちへの連絡を終え、全世界の関係機関――CIA、CDC、ECDCやそのすべての姉妹組織に呼びかけて、この男を生物兵器テロの監視対象リストに加えていた。

ジュネーヴにもどるまでに打てる手はすべて打った、と思った。

疲れ果てたシンスキーは、旅行鞄《かばん》を持ってチェックイン・カウンターへ行き、係員にパスポートと航空券を差し出した。

「ドクター・シンスキーですね」係員が微笑んだ。「すてきな紳士が先ほどメッセージを残していきましたよ」

「なんですって？」自分がどの便に乗るかはだれにも調べようがなかったはずだ。

「とても背の高いかたでした」係員が言った。「目が緑で」

シンスキーはバッグを取り落とした。あの男がここに？　どうやって？　勢いよく振り返り、そこにいる人々の顔をじっと見た。

「もう行ってしまいましたよ」係員は言った。「ですが、これをあなたに、と」折りたたんだ便箋《びんせん》を差し出す。

シンスキーは震える手で便箋を開き、手書きの文字を読んだ。

書かれていたのは、ダンテ・アリギエーリの言とされる有名な文句だった。

地獄の最も暗きところは

倫理の危機にあっても
中立を標榜《ひょうぼう》する者たちのために
用意されている。

39

マルタ・アルヴァレスはうんざりした顔で、〈五百人広間〉から上階の展示室に向から急な階段を見やった。ポッソ・ファルチェラ。マルタは自分に言い聞かせた。きっとなんとかなる。

ヴェッキオ宮殿の芸術文化管理員として、マルタはこの階段を幾度となくあがってきたが、最近は妊娠九か月を過ぎて、のぼりがずいぶんと身に応《こた》えるようになっていた。

「マルタ、ほんとうにエレベーターを使わなくていいのか」ロバート・ラングドンが気遣わしげな表情で、近くにある小さなエレベーターを指し示した。体が不自由な来館者のために設置されたものだ。

マルタは感謝をこめて微笑んだが、首を横に振った。「ゆうべもお話ししたとおり、赤ちゃんのために体を動かしたほうがいいと言われてるんです。それに、教授、あなたは閉所恐怖症でしょう」

ラングドンはそのことばになぜか驚いているようだった。「ああ、そうなんだ。教えたのを忘れていたよ」

教えたのを忘れていた？　マルタは不審に思った。あれから十二時間も経っていないし、原因になった子供時代の事故のこともさんざん語り合ったのに。

昨夜、ラングドンの恐ろしく太った連れのイル・ドゥオミーノはエレベーターを使い、ラングドンはマルタといっしょに階段をのぼった。その途中、ラングドンは子供のころに古井戸に落ちた経験を生々しく語り、それ以来、せま苦しい空間にいると体の力が抜けていくような恐怖を感じると話していた。

いま、ラングドンの妹が金髪のポニーテールを揺らしながら軽快に進んでいく一方で、マルタはラングドンとともにしっかり踏みしめて段をあがり、ときおり足を止めて息をついた。「またデスマスクを見にいらっしゃるとは意外でした」マルタは言った。「フィレンツェにある芸術品の数々を考えたら、あの品はさして興味深いものではありませんし」

ラングドンはあいまいに肩をすくめた。「もどってきたのはシエナに見せたいというのが大きな理由でね。ところで、ありがとう、また中に入れてくれて」

「どういたしまして」

ラングドンの名声だけでも、ゆうべ展示室をあける理由になっただろうが、イル・ドゥオミーノがいっしょとあっては、マルタには選択の余地がないも同然だった。イニャツィオ・ブゾーニ——イル・ドゥオミーノとして知られる人物——は、フィレンツェの文化界ではかなりの名士だ。大聖堂《ドゥオーモ》付属美術館の館長を長年つとめ、フィレンツェで最も有名な史跡——イル・ドゥオーモ——のすべてを管理してきた。赤いドームを戴《いただ》く堂々たる大聖堂は、フィレンツェの歴史と街の風景の中核を担っている。この歴史的建造物に対する情熱に加えて、およそ四百ポンド近くの巨体とつねに真っ赤な顔の持ち主であることから、イル・ドゥオミーノ——〝小さなドーム〟——という愛すべきニックネームを賜っている。

ラングドンがどうやってイル・ドゥオミーノと知り合ったのか、マルタは知らなかったが、ゆうべイル・ドゥオミーノから電話がかかり、客を連れていくからダンテのデスマスクを内々に見せてもらいたいと頼んできた。その謎の客というのが、高名なアメリカの象徴学者で美術史家でもあるロバート・ラングドンだと知って、著名人ふたりを宮殿の展示室へ案内することに少しばかり胸が躍ったものだ。

階段をのぼりきると、マルタは両手を腰にあて、大きく息をついた。シエナはすでにバルコニーの手すりにもたれ、〈五百人広間〉を見おろしていた。

「ここからながめた広間がいちばん好きなんです」マルタは息を切らしながら言った。「壁画がまったくちがって見えるでしょう？　向こうのあの絵に隠されている秘密のメッセージのことは、教授からお聞きになっていますよね」絵を指し示す。

　シエナは力強くうなずいた。「〝チェルカ・トローヴァ〟ね」

　広間を見やるラングドンを、マルタはじっと観察した。バルコニーの窓から差しこむ光のもとでは、きのうの夜ほど男ぶりがよいとは言えないことにいやでも気づかされる。新しいスーツは似合っているが、ひげを剃《そ》ったほうがよさそうだし、顔は青白くて疲労の色が濃い。それに髪ときたら、ゆうべはふさふさと豊かだったのに、けさはまだシャワーを浴びていないのか、べっとりと湿っている。

　値踏みしているのを気づかれる前に、マルタは壁画に向きなおった。「いま立っている場所は、〝チェルカ・トローヴァ〟とちょうど同じ高さです」マルタは言った。「裸眼でも文字が見えると思いますよ」

　ラングドンの妹は、壁画には興味がない様子だった。「ダンテのデスマスクのことを教えて。どうしてこのヴェッキオ宮殿にあるの？」

兄が兄なら、妹も妹ね。マルタは心のなかで不満の声をあげながら、なぜふたりがここまでマスクにこだわるのか解せないままだった。とはいえ、ダンテのデスマスクは、ことに最近に関してはずいぶん変わったいきさつを持つ品であり、異常とも言える興味を示したのはラングドンがはじめてではない。「では、ダンテについてはどんなことをご存じですか」

美しい金髪の女は肩をすくめた。「みんなが学校で習うことくらいね。イタリアの詩人で、代表作は『神曲』。想像上の地獄を本人が旅する叙事詩よ」

「大筋はそのとおりです」マルタは答えた。「詩のなかで、ダンテはやがて地獄を抜けて煉獄《れんごく》にはいり、ついには天国まで行き着きます。『神曲』を読んだことがおありなら、ダンテの旅が三部に分かれていることをご存じでしょう――〈地獄篇〉、〈煉獄篇〉、〈天国篇〉の三つです」マルタはふたりについてくるよう合図し、バルコニーから展示室の入口に向かった。「でも、ダンテのデスマスクがこのヴェッキオ宮殿にある理由は、『神曲』とはなんの関係もありません。現実の歴史がからんでいるんですよ。ダンテはフィレンツェに住んでいて、この街をだれにも劣らず愛していました。フィレンツェの有力な名士だったんですが、政変が起こり、敗者の側に与《くみ》していたダンテは街を追放されました――市壁の外に追いやられたまま、二度と足を踏み入れてはならないと命じられたんです」

展示室の入口の手前で、マルタは足を止めて息を継いだ。また腰に手をあて、上体をそらして話をつづける。「ダンテのデスマスクがひどく悲しげに見えるのは、追放されたせいだと言う人もいますけど、わたしの考えはちがいます。ちょっとロマンティックな性質《たち》なので、あの悲しげな表情はベアトリーチェという女性のせいじゃないかと思うんです。そう、ダンテは生涯を通じてベアトリーチェ・ポルティナーリという娘に恋い焦がれていました。ところが、あいにくベアトリーチェは別の男性と結婚してしまい、ダンテは愛するフィレンツェとも、愛《いと》しいベアトリーチェとも離ればなれに暮らさなくてはいけなくなりました。『神曲』はベアトリーチェへの愛が大きな主題になっているんですよ」

「おもしろいのね」シエナはまったく耳を傾けていないらしい口調で言った。「でも、デスマスクがこの宮殿にある理由がまだよくわからないんだけど」

このしつこさは尋常ではないし、無作法の一歩手前だ。「そうですね」マルタはまた歩きだし、話をつづけた。「死去してもなお、ダンテはフィレンツェにもどることを禁じられていたので、遺体はラヴェンナに埋葬されました。けれども、最愛のベアトリーチェの墓はフィレンツェにあり、しかもダンテはフィレンツェを愛してやまなかったので、デスマスクをここに持ってくれば、せめてもの弔いになると考えられたんです」

「なるほど」シエナは言った。「それで、特にこの建物が選ばれたのは？」

「ヴェッキオ宮殿は最も古くからあるフィレンツェの象徴ですし、ダンテの時代には街の中心でした。ドゥオーモにある有名な絵で、追放されたダンテが市壁の外に立つ姿が描かれたものがあるんですが、その背景にはダンテがこよなく愛したこの宮殿の塔が見えます。デスマスクをここに置くことによって、いろいろな意味で、ダンテがようやく故郷に帰るのを許されたように感じられるんですよ」

「すてきね」シエナはようやく満足したようだった。「どうもありがとう」

マルタは展示室のドアにたどり着き、三回ノックした。「わたしよ《ソノ・イオ》、マルタよ！　おはよう《ボンジョルノ》！」

内側から鍵《かぎ》束の鳴る音がして、ドアが開いた。年嵩《としかさ》の警備員がマルタに疲れた笑みを向け、腕時計を確認した。「ちょっと早いね《エ・ウン・ポ・プレスト》」にこやかに言う。

説明する代わりに、マルタがラングドンを指さすと、警備員はとたんに顔を輝かせた。「シニョーレ！　またお会いできてうれしい《ベントルナート》！」

「グラッツィエ」ラングドンが愛想よく答えると、警備員は三人を中へ招き入れた。

三人は小さなロビーへ進んだ。警備員が防犯システムを解除して、先刻のものより頑丈そうな第二のドアの錠をはずした。ドアが開くと、警備員は中にはいり、大げさに腕をひと振りした。「ようこそ展示室へ《エッコ・イル・ムゼオ》！」

マルタは感謝のしるしに微笑んで、客たちを中へ導いた。

この展示室が設けられている区画は、もともと庁舎として設計された。そのため、広々とした空間が開けているというより、ほどほどの広さの部屋と廊下の迷宮が連なって、建物の半分ほどを取り巻くような造りになっている。

「ダンテのデスマスクがあるのはあの角のあたりです」マルタはシエナに言った。「通廊《アンディト》と呼ばれるせまいスペースに展示されています。ふたつの大きな部屋をつなぐただの廊下なんですけどね。壁際の古いケースにおさめられているんですが、マスクは真横に行くまで見えないんです。そのせいで、見学者の多くが気づかずに素通りしてしまうんですよ」

マスクの不思議な力に突き動かされたかのように、ラングドンが足どりを速めてまっしぐらに近づいていく。マルタはシエナを肘《ひじ》でつついてささやいた。「教授はどうやらほかの展示物には興味がないようですけど、せっかくいらっしゃったんですから、あなたはマキアヴェッリの胸像や〈地図の間〉の〈世界地図《マッパ・ムンディ》〉をぜひ見ていってくださいね」

シエナは素直にうなずいたが、歩みはゆるめず、その目はやはりまっすぐ前に向けられていた。マルタはついていくのがやっとだった。三番目の部屋に着くころにはやや差をつけられ、とうとう足を止めてしまった。

「教授」マルタは息を切らしながら呼んだ。「よかったら……マスクをご覧になる前に……妹さんに展示品を……いくつか見てもらったらどうです？」

ラングドンが振り向いたが、深い物思いから現実に引きもどされたかのように、心ここにあらずといった様子だった。「え、なんだって？」

マルタは息をあえがせながら、近くの展示ケースを示した。「これは、『神曲』の……最初の印刷本の……一冊ですけど」

マルタが額の汗をぬぐって息を整えようとしていることにようやく気づき、ラングドンは恥じ入った表情になった。「マルタ、すまない！　ああ、もちろん、その本をぜひ見せてもらうよ」

ラングドンは急ぎ足でもどり、マルタに従って古いケースに歩み寄った。そこに展示されているのはすり切れた革表紙の本で、華麗な装飾が施された表題ページが開いてある。神曲――ダンテ・アリギエーリ。

「すばらしい」ラングドンが驚きのこもった声で言った。「この口絵には見覚えがある。ここにヌーマイスター版の初版本があるとは知らなかったよ」

知らないはずがないのに、とマルタは思い、困惑した。きのうの夜、見せたでしょう！

「十五世紀の半ばに」ラングドンは早口でシエナに説明した。「ヨハン・ヌーマイスターがこの作品の最初の印刷本を作ったんだ。何百部かが印刷されたが、現存しているのは十冊ほどしかない。とても貴重だよ」

いまやマルタには、ラングドンがばかげた真似をしているのは妹に知識をひけらかすためだと思えてきた。驕《おご》らない学者と評判の教授にはふさわしくない、不謹慎なふるまいに感じられる。

「この本はラウレンツィアーナ図書館から一時的に借り受けているんです」マルタは説明した。「もしまだ訪ねていらっしゃらないなら、ぜひ行ってみてください。ミケランジェロが設計したみごとな階段があって、その上が世界初の公共の閲覧室になっているんです。本はすべて書見台に鎖でつながれていて、帯出できないようになっていたそうですよ。もちろん、その多くは世界にたった一冊しか存在しないものでした」

「すごい」シエナは言って、展示室の奥を見やった。「で、マスクはこの先にあるのね？」

何をそんなに急いでるの？　マルタにはもう少し息を整える時間が必要だった。

「ええ、でもこの話にもご興味があるんじゃないでしょうか」壁龕《へきがん》の向こうにある、天井へとつづく小さな階段を指さす。「あれをのぼっていくと、屋根裏の見学スペースからヴァザーリの有名な吊《つ》り天井を見おろすことができるんです。わたしはここで待っていますから、よかったら――」

「ごめんなさい、マルタ」シエナがさえぎった。「わたしはどうしてもマスクが見たいの。あまり時間がないのよ」

マルタはまごついて、美しい若い女をまじまじと見つめた。初対面から互いをファーストネームで呼ぶ最近の風潮は大きらいだ。わたしはシニョーラ・アルヴァレスよ、と内心で抗議した。それに、頼みを聞いてあげているのに。

「わかりました、シエナ」マルタはぞんざいに言った。「マスクはこちらです」

無駄に所蔵品の説明をするのはやめ、曲がりくねって連なる展示室のなかをデスマスクめざして進んだ。ゆうべ、ラングドンとイル・ドゥオミーノは、せまい通廊に三十分近くとどまってデスマスクを見ていた。マルタは男たちの没頭ぶりに興味を引かれ、そうやって熱心に調べているのはデスマスクにまつわるこの一年の数々の奇妙な出来事と関係があるのかと尋ねてみた。ラングドンもイル・ドゥオミーノも慎重で、はかばかしい答は返ってこなかった。

いま、通廊へ向かいながら、ラングドンは妹にデスマスクの簡単な製作手順を話しはじめた。ラングドンの説明は文句なく正確で、ここで『神曲』の稀覯本《きこうぼん》を見たのははじめてだなどというさっきのでたらめな物言いとは大ちがいだったので、マルタは安堵《あんど》した。

「死の直後に」ラングドンは語った。「故人を横たえて、顔にオリーブオイルを塗るんだ。それから、練った石膏《せっこう》を皮膚の上にひろげて、生え際から首まで――口も鼻もまぶたも――すべて覆う。固まると石膏は簡単にはずせるから、それを型にして、新しい石膏をそこに注ぐ。これが固まれば、故人の顔を細部まで完全に写しとった複製のできあがりだ。こういうことは、著名人や天才の姿を後世に伝えるために広くおこなわれていたんだよ。ダンテ、シェイクスピア、ヴォルテール、タッソ、キーツ――みな、デスマスクが作られている」

「さあ、到着しましたよ」三人が通廊の外に着くと、マルタは告げた。脇へ退いて、シエナに先に行くよう促す。「マスクは左の壁際にある展示ケースに飾られています。

仕切り用の飾り綱の内側にははいらないようにお願いします」

「ありがとう」シエナはせまい通路にはいって展示ケースに歩み寄り、中をのぞきこんだ。とたんにシエナは目を見開き、恐怖の表情でラングドンを振り返った。

そうした反応をマルタは幾度となく見てきた。大半の見学者たちは、デスマスクをひと目見るなり身を硬くして、嫌悪を覚える――ダンテの薄気味悪く皺《しわ》の寄った顔や、鉤鼻《かぎばな》や、閉じられた目に。

すぐあとからはいっていったラングドンが、シエナの横に立って展示ケースに目をやった。即座に一歩あとずさる。その顔にも驚きが刻まれていた。

マルタはうなった。なんて大げさな《ケ・エザジェラート》。マルタもふたりのそばに行った。ところが、展示ケースをのぞきこむなり、マルタもまた息を呑《の》んだ。なんてこと《オー・ミオ・ディオ》！

マルタ・アルヴァレスは見慣れたダンテの死に顔と向かい合うのを予想していた。しかし、目に映ったのは、ケースの赤い繻子《しゅす》の内張りと、ふだんマスクを掛けてある釘《くぎ》だけだった。

マルタは手で口を覆い、恐怖におののきながら空の展示ケースを見つめた。息が荒くなり、近くの仕切り用の飾り綱のポールをつかんで体を支える。やがて、空っぽのケースから視線を離し、正面入口にいる当直の警備員たちのほうを向いた。

「ダンテのマスク《ラ・マスケラ・ディ・ダンテ》！」マルタは半狂乱で叫んだ。「ダンテのマスクが消えたの《ラ・マスケラ・ディ・ダンテ・エ・スパリータ》！」

（中巻につづく）

本書は二〇一三年十一月、小社より
上下巻単行本として刊行されました。

インフェルノ（上）

ダン・ブラウン　越《えち》前《ぜん》敏《とし》弥《や》＝訳

平成28年 2月25日　初版発行
令和7年 6月25日　19版発行

発行者●山下直久

発行●株式会社KADOKAWA
〒102-8177　東京都千代田区富士見2-13-3
電話　0570-002-301（ナビダイヤル）

角川文庫 19621

印刷所●株式会社KADOKAWA
製本所●株式会社KADOKAWA

表紙画●和田三造

●お問い合わせ
https://www.kadokawa.co.jp/（「お問い合わせ」へお進みください）
※内容によっては、お答えできない場合があります。
※サポートは日本国内のみとさせていただきます。
※Japanese text only

ISBN978-4-04-102502-4　C0197

角川文庫発刊に際して

角川源義

第二次世界大戦の敗北は、軍事力の敗北であった以上に、私たちの若い文化力の敗退であった。私たちの文化が戦争に対して如何に無力であり、単なるあだ花に過ぎなかったかを、私たちは身を以て体験し痛感した。西洋近代文化の摂取にとって、明治以後八十年の歳月は決して短かすぎたとは言えない。にもかかわらず、近代文化の伝統を確立し、自由な批判と柔軟な良識に富む文化層として自らを形成することに私たちは失敗して来た。そしてこれは、各層への文化の普及滲透を任務とする出版人の責任でもあった。

一九四五年以来、私たちは再び振出しに戻り、第一歩から踏み出すことを余儀なくされた。これは大きな不幸ではあるが、反面、これまでの混沌・未熟・歪曲の中にあった我が国の文化に秩序と確たる基礎を齎らすためには絶好の機会でもある。角川書店は、このような祖国の文化的危機にあたり、微力をも顧みず再建の礎石たるべき抱負と決意とをもって出発したが、ここに創立以来の念願を果すべく角川文庫を発刊する。これまで刊行されたあらゆる全集叢書文庫類の長所と短所とを検討し、古今東西の不朽の典籍を、良心的編集のもとに、廉価に、そして書架にふさわしい美本として、多くのひとびとに提供しようとする。しかし私たちは徒らに百科全書的な知識のジレッタントを作ることを目的とせず、あくまで祖国の文化に秩序と再建への道を示し、この文庫を角川書店の栄ある事業として、今後永久に継続発展せしめ、学芸と教養との殿堂として大成せんことを期したい。多くの読書子の愛情ある忠言と支持とによって、この希望と抱負とを完遂せしめられんことを願う。

一九四九年五月三日

角川文庫海外作品

ダ・ヴィンチ・コード (上)(中)(下)
ダン・ブラウン
越前敏弥＝訳

ルーヴル美術館のソニエール館長が館内のグランド・ギャラリーで異様な死体で発見された。殺害当夜、館長と会う約束をしていたハーヴァード大学教授ラングドンは、警察より捜査協力を求められる。

天使と悪魔 (上)(中)(下)
ダン・ブラウン
越前敏弥＝訳

ハーヴァード大の図像学者ラングドンはスイスの科学研究所長からある紋章について説明を求められる。それは十七世紀にガリレオが創設した科学者たちの秘密結社〈イルミナティ〉のものだった。

デセプション・ポイント (上)(下)
ダン・ブラウン
越前敏弥＝訳

国家偵察局員レイチェルの仕事は、大統領へ提出する機密情報の分析。大統領選の最中、レイチェルは大統領から直々に呼び出される。NASAが大発見をしたので、彼女の目で確かめてほしいというのだが……。

パズル・パレス (上)(下)
ダン・ブラウン
越前敏弥・熊谷千寿＝訳

史上最大の諜報機関にして、暗号学の最高峰・米国家安全保障局のスーパーコンピュータが狙われる。対テロ対策として開発されたが、全通信を傍受・解読できるこのコンピュータの存在は、国家機密だった……。

ロスト・シンボル (上)(中)(下)
ダン・ブラウン
越前敏弥＝訳

キリストの聖杯を巡る事件から数年後。ラングドンは旧友でフリーメイソン最高幹部ピーターから急遽講演を依頼される。会場に駆けつけた彼を待ち受けていたのは、切断されたピーターの右手首だった！

角川文庫海外作品

ダン・ブラウン徹底攻略
ダン・ブラウン研究会

『ダ・ヴィンチ・コード』『天使と悪魔』『ロスト・シンボル』『インフェルノ』。世界的大ベストセラー、ラングドン・シリーズの人物相関図、暗躍する組織の謎、美術、歴史を1冊で徹底攻略！

青春とは、心の若さである。
サムエル・ウルマン
作山宗久＝訳

年を重ねただけでは人は老いない。人は理想を失うとき初めて老いる。温かな愛に満ち、生を讃える詩の数々。困難な時代の指針を求めるすべての人へ贈る、珠玉の詩集。

今日という日は贈りもの
ナンシー・ウッド
井上篤夫＝訳

「後悔によっては何一つ変えることはできない、自分が擦り減ってしまうだけ。必要なだけの勇気は、自分自身の中にある」――ロングセラー『今日は死ぬのにもってこいの日』の著者が贈る、愛と感動の言葉集。

人生は廻る輪のように
エリザベス・キューブラー・ロス
上野圭一＝訳

国際平和義勇軍での難民救済活動、結婚とアメリカへの移住、末期医療と死の科学への取り組み、そして大ベストセラー『死ぬ瞬間』の執筆。死の概念を変えた偉大な精神科医による、愛とたたかいの記録。

アルケミスト
夢を旅した少年
パウロ・コエーリョ
山川紘矢・山川亜希子＝訳

羊飼いの少年サンチャゴは、アンダルシアの平原からエジプトのピラミッドへ旅に出た。錬金術師の導きと様々な出会いの中で少年は人生の知恵を学んでゆく。世界中でベストセラーになった夢と勇気の物語。

角川文庫海外作品

ザーヒル

パウロ・コエーリョ
旦　敬介＝訳

満ち足りた生活を捨てて突然姿を消した妻。彼女は誘拐されたのか、単に結婚生活に飽きたのか。答えを求め、欧州から中央アジアの砂漠へ、作家の魂の彷徨がはじまった。コエーリョの半自伝的小説。

聖なる予言

ジェームズ・レッドフィールド
山川紘矢・山川亜希子＝訳

南米ペルーの森林で、古代文書が発見された。そこには人類永遠の神秘、魂の意味に触れた深遠な九つの知恵が記されているという。偶然とは思えないさまざまな出逢いのなかで見いだされる九つの知恵とは。

癒す心、治る力

アンドルー・ワイル
上野圭一＝訳

人には自ら治る力がそなわっている。現代医学から自然生薬、シャーマニズムまで、人が治るメカニズムを究めた博士が、臨床体験をもとに治癒例と処方を記し世界的ベストセラーとなった医学の革命書。

十五少年漂流記

ジュール・ヴェルヌ
石川　湧＝訳

荒れくるう海を一隻の帆船がただよっていた。乗組員は15人の少年たち。嵐をきり抜け、なんとかたどりついたのは故郷から遠く離れた無人島だった——。冒険小説の巨匠ヴェルヌによる、不朽の名作。

カリフォルニアの炎

ドン・ウィンズロウ
東江一紀＝訳

カリフォルニア火災生命の腕利き保険調査員ジャックは、焼死したパメラ・ヴェイルの死に疑問を抱く。不動産会社社長の夫ニックには元KGBという裏の顔が隠されていた——。

角川文庫海外作品

犬の力 (上)(下)

ドン・ウィンズロウ
東江一紀＝訳

血みどろの麻薬戦争に巻き込まれた、DEAの捜査官、ドラッグの密売人、コールガール、殺し屋、そして司祭。戦火は南米のジャングルからカリフォルニアとメキシコの国境へと達し、地獄絵図を描く。

フランキー・マシーンの冬 (上)(下)

ドン・ウィンズロウ
東江一紀＝訳

かつてその見事な手際から〝フランキー・マシーン〟と呼ばれた伝説の殺し屋フランク・マキアーノ。サンディエゴで堅気として平和な日々を送っていた彼が嵌められた罠とは——。鬼才が放つ円熟の犯罪小説。

夜明けのパトロール

ドン・ウィンズロウ
中山　宥＝訳

サンディエゴの探偵ブーン・ダニエルズ。仕事よりも夜明けのサーフィンをこよなく愛する彼だが、裁判での証言を前に失踪したストリッパーを捜すことに。しかし彼女は死体で発見され、ブーンにも危険が迫る。

野蛮なやつら

ドン・ウィンズロウ
東江一紀＝訳

カリフォルニアでマリファナのビジネスで成功していたベンとチョン。だがメキシコの麻薬カルテルが介入し、二人の恋人オフィーリアが拉致されてしまう。二人は彼女を取り戻すために危険な賭けにでるが——。

紳士の黙約

ドン・ウィンズロウ
中山　宥＝訳

サーファー探偵、ブーン・ダニエルズは、起業家サーファーが集う〝ジェントルメンズ・アワー〟に、浮気調査依頼を受ける。同じころ、地元の人気サーファーが殺された。事件の陰に隠された巨悪が。

角川文庫海外作品

キング・オブ・クール
ドン・ウィンズロウ
東江一紀＝訳

舞台は南カリフォルニア。大麻の種子を持ち込んだ軍人のチョンは平和主義者のベンを相棒に大麻供給グループを作り上げ、麻薬密売組織との大勝負に挑む。2人は腐敗警官との取引に生き残りを賭けるが⁉

ブラックアウト (上)(下)
マルク・エルスベルグ
猪股和夫・竹之内悦子＝訳

テロリストによる電力送電線の攻撃でパニックに陥るヨーロッパ。機能不全に陥った世界で、イタリア人元ハッカー、マンツァーノがテロに立ち向かう。ドイツ発、衝撃のリアリティでおくるサスペンス巨編！

不思議の国のアリス
ルイス・キャロル
河合祥一郎＝訳

ある昼下がり、アリスが土手で遊んでいると、チョッキを着た兎が時計を取り出しながら、生け垣の下の穴にぴょんと飛び込んで……個性豊かな登場人物たちとユーモア溢れる会話で展開される、児童文学の傑作。

鏡の国のアリス
ルイス・キャロル
河合祥一郎＝訳

ある日、アリスが部屋の鏡を通り抜けると、そこはおしゃべりする花々やたまごのハンプティ・ダンプティたちが集う不思議な国。そこでアリスは女王を目指すのだが……永遠の名作童話決定版！

Xの悲劇
エラリー・クイーン
越前敏弥＝訳

結婚披露を終えたばかりの株式仲買人が満員電車の中で死亡。ポケットにはニコチンの塗られた無数の針が刺さったコルク玉が入っていた。元シェイクスピア俳優の名探偵レーンが事件に挑む。決定版新訳！

角川文庫海外作品

Yの悲劇

エラリー・クイーン
越前敏弥＝訳

大富豪ヨーク・ハッターの死体が港で発見される。毒物による自殺だと考えられたが、その後、異形のハッター一族に信じられない惨劇がふりかかる。ミステリ史上最高の傑作が、名翻訳家の最新訳で蘇る。

Zの悲劇

エラリー・クイーン
越前敏弥＝訳

黒い噂のある上院議員が刺殺され刑務所を出所したばかりの男に死刑判決が下されるが、彼は無実を訴える。サム元警視の娘で鋭い推理の冴えを見せるペイシェンスとレーンは、真犯人をあげることができるのか？

レーン最後の事件

エラリー・クイーン
越前敏弥＝訳

サム元警視を訪れ大金で封筒の保管を依頼した男は、なんとひげを七色に染め上げていた。折しも博物館ではシェイクスピア稀覯本のすり替え事件が発生する。ペイシェンスとレーンが導く衝撃の結末とは？

ローマ帽子の秘密

エラリー・クイーン
越前敏弥・青木　創＝訳

観客でごったがえすブロードウェイのローマ劇場で、非常事態が発生。劇の進行中に、NYきっての悪徳弁護士と噂される人物が、毒殺されたのだ。名探偵エラリー・クイーンの新たな一面が見られる決定的新訳！

フランス白粉の秘密

エラリー・クイーン
越前敏弥・下村純子＝訳

〈フレンチ百貨店〉のショーウィンドーの展示ベッドから女の死体が転がり出た。そこには膨大な手掛りが残されていたが、決定的な証拠はなく……難攻不落な都会の謎に名探偵エラリー・クイーンが華麗に挑む！

角川文庫海外作品

オランダ靴の秘密

エラリー・クイーン
越前敏弥・国弘喜美代＝訳

オランダ記念病院に搬送されてきた病院の創設者である大富豪。だが、手術台に横たえられた彼女は既に何者かによって絞殺されていた!? 名探偵エラリーの超絶技巧の推理が冴える〈国名〉シリーズ第3弾！

ギリシャ棺の秘密

エラリー・クイーン
越前敏弥・北田絵里子＝訳

急逝した盲目の老富豪の遺言状が消えた。捜索するも一向に見つからず、大学を卒業したてのエラリーは墓から棺を掘り返すことを主張する。だが出てきたのは第2の死体で……二転三転する事件の真相とは!?

エジプト十字架の秘密

エラリー・クイーン
越前敏弥・佐藤　桂＝訳

ウェスト・ヴァージニアの田舎町でT字路にあるT字形の標識に磔にされた首なし死体が発見される。全てが"T"ずくめの奇怪な連続殺人事件の真相とは!? スリリングな展開に一気読み必至。不朽の名作！

アメリカ銃の秘密

エラリー・クイーン
越前敏弥・国弘喜美代＝訳

ニューヨークで2万人の大観衆を集めたロデオ・ショー。その最中にカウボーイの一人が殺された。衆人環視の中、凶行はどのようにして行われたのか!? そして再び同じ状況で殺人が起こり……。

星の王子さま

サン＝テグジュペリ
管　啓次郎＝訳

砂漠のまっただ中に不時着した飛行士の前に現れた不思議な金髪の少年。少年の話から、彼の存在の神秘が次第に明らかに……生きる意味を問いかける永遠の名作、斬新な新訳で登場。

角川文庫海外作品

刑事マルティン・ベック
ロセアンナ
マイ・シューヴァル
ペール・ヴァールー
柳沢由実子＝訳

全裸女性の絞殺死体が、閘門で見つかった。身元不明の遺体に事件は膠着するかに見えた時、アメリカの地方警察から一通の電報が。被害者と関係をもった男が疑われるが——。警察小説の金字塔シリーズ・第一作。

刑事マルティン・ベック
笑う警官
マイ・シューヴァル
ペール・ヴァールー
柳沢由実子＝訳

市バスで起きた大量殺人事件。被害者の中には殺人課の刑事が。若き刑事はなぜバスに乗っていたのか？唯一の生き証人は死亡、刑事マルティン・ベックらによる、被害者を巡る地道な聞き込み捜査が始まる。

シャーロック・ホームズの冒険
コナン・ドイル
石田文子＝訳

世界中で愛される名探偵ホームズと、相棒ワトスン医師の名コンビの活躍が、最も読みやすい最新訳で蘇る！　女性翻訳家ならではの細やかな感情表現が光る「ボヘミア王のスキャンダル」を含む短編集全12編。

シャーロック・ホームズの回想
コナン・ドイル
駒月雅子＝訳

ホームズとモリアーティ教授との死闘を描いた問題作「最後の事件」を含む第2短編集。ホームズの若き日の冒険など、第1作を超える衝撃作が目白押し。発表当時に削除された「ボール箱」も収録。

緋色の研究
コナン・ドイル
駒月雅子＝訳

ロンドンで起こった殺人事件。それは時と場所を超えた悲劇の幕引きだった。クールでニヒルな若き日のホームズとワトスンの出会い、そしてコンビ誕生の秘話を描く記念碑的作品、決定版新訳！

角川文庫海外作品

四つの署名
コナン・ドイル
駒月雅子＝訳

シャーロック・ホームズのもとに現れた、美しい依頼人。彼女の悩みは、数年前から毎年同じ日に大粒の真珠が贈られ始め、なんと今年、その真珠の贈り主に呼び出されたという奇妙なもので……。

バスカヴィル家の犬
コナン・ドイル
駒月雅子＝訳

魔犬伝説により一族は不可解な死を遂げる——恐怖の呪いが伝わるバスカヴィル家。その当主がまたしても不審な最期を迎えた。遺体発見現場には猟犬の足跡が……謎に包まれた一族の呪いにホームズが挑む！

若き人々への言葉
ニーチェ
原田義人＝訳

「神は死んだ」をはじめ、刺激的な啓示を遺して散った巨人ニーチェ。彼の思想は、現在もなお色褪せることなく燦然と輝いている。彼の哲学的叙事詩の全体像を、分かり易く体系的に捉えたニーチェ入門。

ウール (上)(下)
ヒュー・ハウイー
雨海弘美＝訳

地下144階建てのサイロ。カフェテリアのスクリーンに映る、荒涼とした外の世界。出られるのは、レンズを磨く「清掃」の時のみ。だが、「清掃」に出た者は、生きて戻ってくることはなかった。

シフト (上)(下)
ヒュー・ハウイー
雨海弘美＝訳

2049年、下院議員ドナルドは地下壕サイロを設計した。完成を祝う党大会の最中、上空で核爆弾が爆発、人々は地下壕へ逃げ込んだ。2110年、誰もが「以前」の記憶を消された世界で一人の男が覚醒した。

角川文庫海外作品

嵐が丘

E・ブロンテ
大和資雄＝訳

ブロンテ三姉妹の一人、エミリーは、このただ一編の小説によって永遠に生きている。ヨークシャの古城を舞台に、暗いかげりにとざされた偏執狂の主人公と、その愛人との悲惨な恋を描いた傑作。

華麗なるギャツビー

フィッツジェラルド
大貫三郎＝訳

途方もなく大きな邸宅で開いたお伽話めいた豪華なパーティー。デイジーとの楽しい日々は、束の間の暑い夏の白昼夢のようにはかなく散っていく。『失われた時代』の旗手が描く〝夢と愛の悲劇〟。

ラスト・タイクーン

フィッツジェラルド
大貫三郎＝訳

貧しい育ちを乗り越え映画界で活躍する大プロデューサーの主人公がハリウッドを舞台に繰り広げる愛と友情、栄光と破局、そして死――未完の最高傑作と名高い、フィッツジェラルドの遺作。

夜はやさし (上)(下)

フィッツジェラルド
谷口陸男＝訳

精神科医ディック・ダイヴァーは、患者でもあり妻でもある美しいニコルと睦まじい結婚生活を送っていたが、若き女優ローズマリーとの運命の出逢いが彼の人生を大きく変えてしまう――。

ベンジャミン・バトン
数奇な人生

フィッツジェラルド
永山篤一＝訳

生まれたときは老人だったベンジャミン・バトン。彼は時間の経過と共に徐々に若返っていく。彼を最後に待つものは――（「ベンジャミン・バトン」）。フィッツジェラルドの未訳の作品を厳選した傑作集。